ein Ullstein Buch

In der Reihe der
Ullstein Bücher:

SCIENCE-FICTION-STORIES
Band 1 bis Band 51

SCIENCE-FICTION-STORIES 52
(Ullstein Buch 3166)
Erzählungen von
Colin Kapp, R. A. Lafferty,
Sidney van Scyoc, Laurence Yep,
Ryu Mitsuse

SCIENCE-FICTION-STORIES 53
(Ullstein Buch 3178)
Vier Erzählungen von
Eric Frank Russell

SCIENCE-FICTION-STORIES 54
(Ullstein Buch 3187)
Erzählungen von
Brian W. Aldiss, Fred Saberhagen,
Katherine McLean, Terry Carr,
H. H. Hollis

SCIENCE-FICTION-STORIES 55
(Ullstein Buch 3195)
Erzählungen von
Tom Purdon, Ben Bova und Myron
R. Lewis, Christopher Anvil,
William F. Temple, Edward Jesby,
C. C. McApp, Josef Nesvada,
John Brunner, Robert Lory

SCIENCE-FICTION-STORIES 56
(Ullstein Buch 3202)
3 Erzählungen von Lewis Padgett

SCIENCE-FICTION-STORIES 57
(Ullstein Buch 3212)
Zwei Erzählungen von
Henry Kuttner und Lewis Padgett

SCIENCE-FICTION-STORIES 58
(Ullstein Buch 3222)
Erzählungen von John Brunner,
Harlan Ellison, H. H. Hollis und
Doris Piserchia

Ullstein Buch Nr. 3235
im Verlag Ullstein GmbH,
Frankfurt/M — Berlin — Wien
Aus dem Amerikanischen
von Wim Koll

Umschlagillustration: ACE/Roehling

Printed in Germany 1976
Gesamtherstellung:
Augsburger Druck- und
Verlagshaus GmbH
ISBN 3 548 03235 4

Science-Fiction-Stories 59

Drei Erzählungen
von H. Beam Piper

Herausgegeben
von Walter Spiegl

ein Ullstein Buch

Inhalt

DER LETZTE FEIND

Das gedämpfte Klirren von Bestecken und Porzellan, das leise Klingen der Gläser, das Murmeln der Unterhaltung an der U-förmigen Tafel begannen allmählich nachzulassen. Die aus den an der Decke angebrachten Lautsprechern kommende leise Musik schien im gleichen Maße lauter zu werden, in dem die konkurrierenden anderen Geräusche verklangen. Das war ein sicheres Zeichen dafür, daß sich das Festmahl seinem Ende näherte.

Dallona von Hadron spielte nervös mit dem Stiel ihres Weinglases. Jetzt, da der entscheidende Augenblick unausweichlich näherrückte, überkamen sie Zweifel.

Der alte Mann, an dessen rechter Seite sie saß, bemerkte es, streckte den Arm ein wenig aus und legte seine Hand auf die der schönen Frau.

»Meine Liebe, Sie machen sich Sorgen«, sagte er leise. »Und gerade Sie sollten das nicht tun.«

»Die Theorie ist mir noch nicht schlüssig genug«, sagte sie. »Und ich würde mehr positive Bestätigung wünschen. Es ist mir schrecklich, Sie dazu gebracht zu haben —«

Garnon von Roxor lachte. »Nein nein!« versicherte er. »Ich habe mich zu meinem Schritt entschlossen, lange bevor Sie die Ergebnisse Ihrer Experimente bekanntgegeben haben. Fragen Sie Girzon. Er wird es Ihnen bestätigen.«

»Das ist wahr«, sagte der junge Mann, der auf Garnons linker Seite saß, und beugte sich vor. »Vater hatte seit geraumer Zeit vor, diesen Schritt zu tun. Er hat bis nach der Wahl gewartet und sich entschlossen, es jetzt zu tun, um Ihnen die Möglichkeit zu geben, experimentellen Gebrauch davon zu machen.«

Der Mann rechts von Dallona ließ sich auch dazu vernehmen. Wie die übrigen am Tisch, war er von mittlerer Statur, braunhäutig und dunkeläugig. Der Mund war groß, das Kinn kurz und eckig, und die Jochbeine standen etwas hervor. Zum Unterschied von den anderen war er bewaffnet: er trug einen Dolch und eine Pistole im Gürtel. Er trug eine Art schwarzen Uniformrock, auf dessen Brust ein scharlachrotes ovales Stück Stoff eingesetzt war, mit zwei aufgestickten silbernen Flügeln, zwischen denen sich, aus hauchdünner Silberfolie gefertigt, so etwas wie ein stilisiertes Geschoß befand.

»Jawohl, Lady Dallona. Lord Garnon und ich haben das schon, ach, mindestens vor zwei Jahren besprochen. Ich bin wirklich erstaunt, daß Sie jetzt davor zurückzuschrecken scheinen. Sie sind zwar auf der Venus geboren, und die Sitten mögen dort andere sein, aber bei Ihren wissenschaftlichen Kenntnissen ...«

»Das wird wahrscheinlich der Grund für meine Sorgen sein, Dirzed«, erklärte Dallona. »Ein Wissenschaftler bekommt immer Zweifel, und man bezweifelt seine eigenen Theorien häufig am stärksten.«

»Ja, man hat mir schon davon erzählt, daß das eine Angewohnheit der Wissenschaftler ist«, antwortete Dirzed lächelnd, »aber Sie kommen mir trotz allem nicht wie eine Wissenschaftlerin vor.« Seine Blicke glitten über sie hin, was die meisten Frauen hätte erröten lassen, ob sie nun Wissenschaftlerinnen waren oder nicht. In Dallona löste dieser Blick ein Gefühl der Freude aus. Sie wurde von Männern oft so angesehen, besonders auf Darsh. Die leichte Fremdartigkeit ihrer Erscheinung hatte auch etwas damit zu tun: ihre Haut war entschieden heller als hier üblich, hinzu kam noch der hübsche, etwas exzentrische Schnitt ihres Gesichts. Ihre angebliche Herkunft von der Venus wurde dafür ebenso als Erklärung angenommen wie für so viele andere Dinge.

Als sie eben antworten wollte, näherte sich ein Mann in dunkelgrauer Kleidung, einer der höheren Bediensteten — sie waren den Akor-Neb-Adeligen sozial gleichgestellt —, dem Tisch. Er verbeugte sich respektvoll vor Garnon von Roxor.

»Ich bedaure, wenn ich zur Eile zu drängen scheine, Sir, aber der Junge ist bereit. Er befindet sich jetzt im Trancezustand«, meldete er und deutete auf zwei Bildschirme an der Wand am Ende des Raumes.

Die beiden drei Quadratmeter großen Bildschirme waren eingeschaltet. Einer erstrahlte in hellem Weiß, auf dem anderen war das Bild eines zwölf- bis vierzehnjährigen Jungen zu sehen. Er saß vor einer großen Schreibmaschine. Selbst wenn man zugestehen konnte, daß sich der junge im Zustand hypnotischer Trance befand, so war doch der Ausdruck von Idiotie auf dem schlafflippigen, schwabbeligen Gesicht, das in ein fliehendes, kleines Kinn auslief, unverkennbar.

»Eines unserer besten Medien«, sagte ein Mann, der einige Plätze weiter unten rechts von Dallona saß. »Sie erinnern sich an ihn, Dallona. Er hat die Verbindung mit dem entleibten Gardewächter Sirzim hergestellt. Normalerweise ist er hochgradig schwachsinnig, aber im Trancezustand ist er phänomenal. Und es kann in seinem Fall auch kein Streit darüber entstehen, ob die Informationen, die er übermittelt, in seinem eigenen Hirn entstanden sind. Er hat nicht einmal soviel eigenen Verstand, diese

Schreibmaschine bedienen zu können.«

Garnon von Roxor erhob sich, die übrigen mit ihm. Er löste einen Edelstein von seiner Tunika und überreichte ihn Dallona. »Hier, meine liebe Lady Dallona, ich möchte, daß Sie ihn tragen«, sagte er. »Er befindet sich seit sechs Generationen im Besitz der Familie von Roxor, aber ich weiß, daß Sie ihn schätzen und behüten werden.«

Von seiner linken Hand zog er einen schweren Ring ab und gab ihn seinem Sohn. Er nahm seine Armbanduhr ab und reichte sie über den Tisch hinüber dem graugekleideten Oberbediensteten. Ein elegantes ledernes Taschenfutteral, das neben Füllhalter, Kugelschreiber und Bleistift auch einen Rechenschieber und ein Vergrößerungsglas enthielt, überreichte er dem bärtigen Mann an der anderen Seite von Dallona.

»Das ist etwas, was Sie brauchen können, Dr. Harnosh«, sagte er. Dann nahm er einen Waffengurt mit einem Dolch und einer im Halfter steckenden Pistole, den ihm ein Bediensteter gebracht hatte, und gab ihn dem Mann mit dem roten Oval aus Tuch auf der Brust. »Und hier ist etwas für Sie, Dirzed. Die Pistole stammt aus der Werkstätte Farnor von Yands, der Dolch wurde auf dem Mond geschmiedet.«

Der Mann mit dem Abzeichen auf der Brust nahm die Waffen mit einem Ausruf freudiger Anerkennung entgegen. Sofort schnallte er seinen Gürtel ab und legte das Geschenk um.

»Die Pistole ist geladen«, erklärte Garnon.

Dirzed zog sie heraus und überprüfte sie — ein Mann seines Berufes anerkannte keine Aussage eines anderen über den Zustand einer Waffe, ohne sich selbst davon zu überzeugen —, dann steckte er sie wieder in das Halfter zurück.

»Soll ich sie benützen?« fragte er.

»Auf jeden Fall. Ich hatte das im Sinn, als ich sie für Sie ausgesucht habe.«

Ein anderer Mann, zur Linken von Girzon, erhielt ein Zigarettenetui und ein Feuerzeug. Er und Garnon schüttelten sich die Hände und klopften sich auf die Schulter — ein Zeichen besonderer Zuneigung.

»Unsere Ansichten waren nicht immer die gleichen, Garnon«, sagte er, »aber ich habe Ihre Freundschaft stets geschätzt. Es tut mir leid, daß Sie das jetzt tun. Ich glaube, sie werden enttäuscht sein.«

Garnon lachte ein wenig. »Würde es Ihnen etwas ausmachen, darauf eine kleine Wette abzuschließen, Nirzav?« fragte er. »Sie kennen meinen Einsatz: Wenn ich gewinne, wollen Sie dann die Theorie der Volitionalisten als bewiesen ansehen?«

Nirzav kaute einen Augenblick lang auf seinem Schnurrbart herum. »Ja, Garnon, das will ich.« Er deutete auf den leeren weißen Bildschirm. »Wenn darauf etwas Schlüssiges erscheint, werde ich keine andere Wahl haben.«

»Schön, meine Freunde«, sagte Garnon den anderen, »wollen Sie mit mir zusammen zum Ende dieses Raumes gehen?«

Bedienstete entfernten einen Teil des Tisches vor ihm, damit er und einige der übrigen Gäste durchgehen konnten. Der Rest blieb am Tisch stehen. Garnons Sohn und Nirzav von Shonna mit seinem grauen Schnurrbart gingen zu seiner Linken. Dallona von Hadron und Dr. Harnosh von Hosh zu seiner Rechten. Der graugekleidete Oberbedienstete und zwei oder drei Damen, ein Adeliger mit einem kleinen Kinnbart und einige andere schlossen sich ihnen an. Von jenen, die in Garnons Nähe gesessen hatten, blieb nur der Mann mit dem uniformähnlichen Rock und dem scharlachroten Abzeichen etwas zurück. Er blieb am Ende des Tisches stehen und sah zu, wie sich Garnon von Roxor wegbewegte. Dann zog Dirzed, der Gardewächter, die Pistole, die er eben als Geschenk erhalten hatte, umfaßte sie mit seiner rechten Hand, schob den Sicherungsflügel zurück und zielte auf Garnons Hinterkopf.

Man hatte beinahe das Ende des Raumes erreicht, als der Schuß krachte. Dallona von Hadron sprang vorwärts, beinahe so, als wäre das Geschoß in ihren Körper eingeschlagen, fing sich jedoch sofort wieder und ging weiter. Sie schloß ihre Augen und legte eine Hand auf den Arm von Dr. Harnosh, damit er sie führen konnte. Jetzt konzentrierte sie ihren Geist auf eine einzige Frage. Die übrigen gingen weiter, als wäre Garnon von Roxor noch unter ihnen.

»Sehen Sie!« rief Harnosh von Hosh, wobei er auf den Bildschirm vor ihnen zeigte, »er befindet sich unter Kontrolle!«

Sie blieben alle mit einem Ruck stehen, und Dirzed eilte zu ihnen, während er die Pistole in das Halfter steckte.

Hinter dieser Gruppe waren einige Bedienstete mit einer Tragbahre erschienen, die die zusammengesunkene Gestalt, die vor einem Augenblick noch Garnon von Roxor gewesen war, aufhoben und mit der Bahre wegtrugen.

Mit dem Jungen, der an der Schreibmaschine saß, war eine Veränderung vor sich gegangen. Seine Augen schimmerten noch immer im glasigen Glanz der hypnotischen Trance, aber das fliehende Kinn hatte sich straffer nach vorn geschoben, und die schlaffen Lippen hatten sich zu einem entschlossen wirkenden Mund zusammengepreßt. Man konnte sehen, wie sich seine Hände auf die Tastatur legten und sich darauf bewegten. Und gleichzeitig begannen auf dem weißen Bildschirm auf der linken Seite Buchstaben zu erscheinen.

»Garnon von Roxor, entleibt, teilt mit«, lasen sie. Die Maschine verhielt einen Augenblick, dann begann sie von neuem: »An Dallona von Hadron: Ihre Frage, als ich entleibt war, lautete: Wie hieß das letzte Buch, das ich vor dem Festessen gelesen habe? Während ich auf meinen Kammerdiener wartete, der mir das Bad richtete, las ich in meinem Schlafzimmer die ersten zehn Verse des Liedes vom ›Glanz des Weltalls‹ von Larnov von Horka. Als das Bad bereit war, kennzeichnete ich die Seite mit einem Stückchen Telegrammstreifen, der eine Nachricht vom Verwalter meines Besitzes am Fluß Shevra enthält. Sie betrifft eine Panne in der Kraftanlage. Ich habe das Buch auf den Tisch mit der Elfenbeineinlage neben dem großen roten Sessel gelegt.«

Harnosh von Hosh sah Dallona fragend an. Sie nickte.

»Ich ersetzte die Frage, die ich ursprünglich vorhatte, durch diese — und zwar unmittelbar nach dem Schuß, als Garnon schon entleibt war«, sagte sie.

Er wandte sich an den Oberbediensteten: »Bitte prüfen Sie das sofort nach, Kirzon«, ordnete er an.

Als der Bedienstete hinauseilte, begann die Maschine von neuem:

»Und an meinen Sohn Girzon: Ich will als Träger für meine Reinkarnation nicht deinen Sohn Garnon verwenden. Ich will entleibt bleiben, bis er selbst erwachsen ist und einen eigenen Sohn hat. Sollte er keinen männlichen Nachfolger haben, werde ich meine Reinkarnation im ersten männlichen Kind der Familie von Roxor oder einer mit uns durch Heirat verbundenen Familie vollziehen. Auf jeden Fall werde ich Mitteilung machen, bevor ich die Reinkarnation vornehme.

An Nirzav von Shonna: Vor zehn Tagen habe ich bei Ihnen zu Mittag gegessen. Dabei habe ich mit einem Messer in die Unterseite der Tischplatte drei kleine Kerben geschnitten, zwei dicht nebeneinander, die dritte ein wenig entfernt davon. Wie ich mich erinnere, saß ich zwei Plätze unterhalb des Ihren, auf der linken Seite. Wenn Sie die Kerben finden, werden Sie wissen, daß ich die Wette gewonnen habe, über die wir vor wenigen Minuten gesprochen haben.«

»Ich werde das sofort von meinem Butler nachprüfen lassen«,

sagte Nirzav. Seine Augen waren groß vor Erstaunen, und er begann zu schwitzen. Es läßt einen Mann nicht unberührt, wenn seine lebenslangen Glaubensgrundsätze in ein paar Sekunden zerstört werden.

»An Dirzed, den Gardewächter«, gingen die Aufzeichnungen der Schreibmaschine weiter, »Sie haben mir treu gedient, Dirzed, in all den zehn vergangenen Jahren, am treuesten mit dem letzten Schuß, den sie abgegeben haben, als Sie noch in meinen Diensten standen. Nachdem Sie geschossen hatten, kam Ihnen der Gedanke in den Sinn, daß Sie gern in den Dienst von Lady Dallona von Hadron treten würden, die, wie Sie glauben, den Schutz eines Mitglieds der Gesellschaft der Gardewächter benötigt. Ich rate Ihnen, dies zu tun, und ihr rate ich, diesen Vorschlag anzunehmen. Ihre Arbeit hat sie, seit sie nach Daresh gekommen ist, bei verschiedenen Gruppen nicht beliebt gemacht. Kein Zweifel, daß Nirzav von Shonna mich in dieser Hinsicht betätigen wird.«

»Ich möchte nichts verraten, was ich vertraulich erfahren habe oder auf den Konzilen der Statistikalisten gesagt worden ist, aber er hat recht«, sagte Nirzav. »Sie brauchen einen guten Gardewächter, und es gibt wenige, die besser als Dirzed sind.«

»Ich sehe, daß das Medium allmählich müde wird«, druckte die Maschine aus. »Sein Körper ist nicht stark genug für eine längere Kommunikation. Also entbiete ich Ihnen allen mein Lebewohl auf Zeit. Ich werde mich wieder melden. Gute Nacht, meine Freunde, und ich danke Ihnen für Ihre Teilnahme an dem Festmahl.«

Der Junge auf dem anderen Bildschirm sank in seinen Sessel zurück, und sein Gesicht entspannte sich wieder zu dem gewohnten Ausdruck von Stumpfheit und Leere.

»Werden Sie mein Angebot annehmen, Lady Dallona?« fragte Dirzed. »Es stimmt, was Garnon gesagt hat: Sie haben sich Feinde gemacht.«

Dallona lächelte ihm zu. »Ich war zu sehr in meine Arbeit vertieft, um das zu bemerken. Ich freue mich, Ihr Angebot anzunehmen, Dirzed.«

Nirzav von Shonna hatte sich bereits von der Gruppe abgewandt und eilte aus dem Raum. Er wollte zu Hause anrufen, um über die Kerben an der Unterseite seines Eßtisches Gewißheit zu bekommen. Als er aus der Tür ging, stieß er beinahe mit dem Oberbediensteten zusammen, der mit einem Buch in der Hand in den Raum kam.

»Hier ist es!« rief er und hielt den Band in die Höhe. »Larnovs ›Glanz des Weltalls‹, und es lag genau dort, wo er gesagt hat. Ich habe ein paar Bedienstete als Zeugen mitgenommen. Wenn Sie wünschen, kann ich sie sofort hereinrufen.« Er übergab das Buch Harnosh von Hosh. »Sehen Sie, hier ist auch das Stückchen Telegrammstreifen, und zwar beim zehnten Vers des vierten Liedes.«

Nirzav von Shonna kam in den Raum zurück. Er kaute an seinem Schnurrbart und murmelte etwas vor sich hin. Als er wieder zu der Gruppe vor den jetzt dunklen Bildschirmen trat, erhob er seine Stimme und wandte sich ihnen zu.

»Mein Butler hat die Kerben gefunden, genau wie es in der Kommunikation beschrieben wurde«, sagte er. »Das klärt die Sache für mich! Garnon, wenn Sie sich an einem Ort befinden, wo Sie mich hören können, so sage ich Ihnen, daß Sie gewonnen haben. Nach diesem Erlebnis kann ich nicht mehr an die Lehren der Statistikalisten glauben, ebensowenig wie an ihr politisches Programm, das darauf aufgebaut ist. Ich werde den Wechsel meiner Anschauungen bei der nächsten Sitzung des Exekutivrates verkünden und meinen Sitz dort abgeben. Ich wurde mit den Stimmen der Statistikalisten gewählt und kann das Amt nicht als Volitionalist weiterführen.«

»Damit werden auch Sie ein paar Gardewächter benötigen«, erklärte der Adelige mit dem Kinnbart. »Ihre früheren Kollegen und Parteigenossen verlangen bedauerlicherweise die Zwangsentleibung jener, die nicht oder nicht mehr mit ihnen übereinstimmen — besonders der letzteren.«

»Ich habe bisher noch nie einen persönlichen Gardewächter beschäftigt«, antwortete Nirzav, »aber ich glaube, Sie haben recht. Sobald ich zu Hause bin, werde ich die Zentrale der Gardewächter anrufen und die erforderlichen Vereinbarungen treffen.«

»Es wäre besser, das jetzt sofort zu tun«, sagte Girzon von Roxor und senkte dabei die Stimme. »Wir haben mehr als hundert Gäste hier, und ich kann nicht für alle bürgen. Die Statistikalisten werden ganz sicher einen Spion unter ihnen haben. Mein Vater war einer ihrer gefährlichsten Gegner, als er noch im Konzil saß. Sie fürchteten immer, er werde seine Pensionierung aufgeben und sich wieder zur Wahl stellen. Sie wollten sich bestimmt davon überzeugen, daß er entleibt wurde. Und wenn das der Fall ist, können Sie sicher sein, daß dem alten Mirzark von Bashad inzwischen der Wechsel in Ihrer Einstellung bekannt geworden ist. Er würde es nicht zulassen, daß Sie sich öffentlich von den Statistikalisten lossagen.«

Er wendete sich zu dem anderen Adeligen hin. »Prinz Jirzyn, weshalb rufen Sie nicht die Dienststelle der Volitionisten an und lassen eine Gruppe unserer Gardewächter herkommen, um Lord Nirzav nach Hause zu geleiten?«

»Ich werde das sofort veranlassen«, sagte Jirzyn von Starpha. »Es ist schon so, wie Lord Girzon sagt: Wir können ziemlich sicher sein, daß sich ein Spion unter den Gästen befunden hat. Und jetzt, wo Sie zu unseren Auffassungen übergewechselt sind, haben wir für Ihre Sicherheit zu sorgen.«

Er verließ den Raum, um den Anruf über Bildtelefon zu machen. Dallona, von Dirzed begleitet, kehrte an ihren Platz am Tisch zurück, wo sie mit Harnosh von Hosh und einigen anderen beisammensaß.

»Es gibt keinen Zweifel über die Ergebnisse«, triumphierte Harnosh. »Ich gebe zu, daß der Junge auf telepathischem Wege einige Informationen aus den hier anwesenden Gehirnen der Lebenden erfahren hat. Auch aus dem Gehirn von Garnon, als er noch nicht entleibt war. Aber er kann auf diese Art nicht genug Daten aufgenommen haben, um eine zusammenhängende Kommunikation daraus zu machen. Es erfordert ein Medium von voller eigener Geisteskraft, um Telesthesie zu praktizieren — unmöglich bei diesem Jungen, der beinahe ein Idiot ist.«

Er wandte sich an Dallona: »Sie haben, nachdem Garnon entleibt war, in Gedanken eine Frage gestellt und eine Antwort erhalten, die zu diesem Zeitpunkt nur in Garnons Geist enthalten sein konnte. Ich glaube, daß dies ein absolut schlüssiger Beweis dafür ist, daß der entleibte Garnon bei vollem Bewußtsein und mitteilungsfähig war.«

»Auch Dirzed hat in Gedanken eine Frage nach Garnons Entleibung gestellt und eine Antwort erhalten. Dr. Harnosh, ich bin der Meinung, daß wir positiv feststellen können, daß die überlebende Individualität auch im Zustand der Entleibung bei vollem Bewußtsein ist, daß sie telepathisch ansprechbar und zur telepathischen Mitteilung fähig ist«, stimmte Dallona zu. »Und im Hinblick auf unsere frühere Arbeit über Gedanken-Rückerinnerungen, sind wir berechtigt, positiv festzustellen, daß das Individuum fähig ist, die Wahl seines Reinkarnationsträgers selbständig zu wählen.«

»Mein Vater hat sich die freiwillige Entleibung lange Zeit überlegt«, sagte Girzon von Roxor, »eigentlich immer seit der Entleibung meiner Mutter. Er hat diesen Schritt hinausgezögert, weil er die Volitionalistenpartei nicht seiner Unterstützung berauben wollte. Nun will es mir scheinen, daß er mit seiner Entleibung den Statistikalisten eine größere Niederlage zugefügt hat, als ihm das in der Zeit seines hiesigen Lebens gelungen ist.«

»Ich weiß nicht, Girzon«, sagte Jirzyn von Starpha, als er zu ihrer Gruppe kam. »Die Statistikalisten werden das Ganze als vorbereiteten Betrug bezeichnen. Und wenn es ihnen gelingt, Lady Dallona zu entleiben, bevor sie ihr Zeugnis unter Wahrheitshypnose oder vor einem Lügendetektor ablegen kann, sind wir nicht besser dran als vorher. Dirzed, Sie haben mit der Bewachung von Lady Dallona eine sehr verantwortungsvolle Aufgabe. Es werden einige außergewöhnliche Sicherheitsmaßnahmen unentbehrlich sein.«

Tortha Karf, Chef der Parazeit-Polizei in Dergabar, einer Stadt der ersten Ebene, beugte sich in seinem Sessel zu seinem Spezialassistenten Verkan Vall vor und gab ihm Feuer; dann zündete er sich seine eigene Zigarette an. Er war ein Mann im mittleren Alter, sein dreihundertster Geburtstag lag erst etwa ein Jahrzehnt zurück. Er begann jetzt allmählich ein Doppelkinn zu bekommen, und an seiner Hüfte zeigte sich deutlich ein Fettansatz. Sein Haar, einst schwarz, hatte sich in dunkles Grau verfärbt und begann vorn dünn zu werden.

»Was wissen Sie über den Sektor Akor-Neb auf der zweiten Ebene, Vall?« fragte er dienstlich. »Jemals in diesem Parazeitgebiet gearbeitet?«

Verkan Valls markante Gesichtszüge wurden noch unbeweglicher als sie es normalerweise schon waren, als er im Geist die Auslöseformel sprach, die ihm das auf hypnotischem Wege erworbene Wissen ins Bewußtsein bringen sollte. Dann schüttelte er den Kopf.

»Muß ein einmalig anständiges Gebiet sein, Sir«, sagte er. »Oder wir haben bis jetzt Glück gehabt. Ich war noch bei keinem Unternehmen auf Akor-Neb. Habe nicht einmal eine hypno-mechanische Kenntnis über diesen Sektor. Was ich weiß, stammt aus allgemeiner Lektüre.

Wie die Bewohner der gesamten zweiten Ebene, dürften die von Akor-Neb mit großer Wahrscheinlichkeit von einer oder mehreren Schiffsladungen von Kolonisten abstammen, die vor etwa fünfundsiebzig- bis hunderttausend Jahren nach Terra gekommen sind — und zwar vom Mars. Sie müssen von ihrem Heimatplaneten abgeschnitten worden und gezwungen gewesen sein, eine eigene Zivilisation zu entwickeln. Die Zivilisation von Akor-Neb hat auch eine verhältnismäßig hohe Kultur entstehen und bestehen lassen, selbst für die zweite Ebene. Atomkraft, interplanetarer Verkehr, Schwerkraftausgleich, direkte Umwandlung von nuklearer in elektrische Energie — solche Techniken sind dort bekannt. Wir kaufen feine synthetische Waren und ganze Fabriken von ihnen.« Er fuhr mit den Fingern einer Hand über das Material seiner eleganten grünen Polizeiuniform. »Ich glaube, dieser Stoff kommt von Akor-Neb. Wir liefern eine Menge Zerfa-Blätter von der Venus dorthin. Sie rauchen das Zeug, rein oder mit Tabak vermischt. Sie haben eine einzige systemweite Regierung, ein Volk und eine allen gemeinsame Sprache. Sie sind eine dunkelbraune Rasse, die sich vor etwa fünfzigtausend Jahren zu ihrer heutigen Erscheinung entwickelt hat. Die gegenwärtige Zivilisation ist etwa zehntausend Jahre alt. Sie hat sich aus den Trümmern verschiedener früherer Kulturen entwickelt, die entweder verfielen oder durch Kriege vernichtet wurden oder sich durch das Versiegen der natürlichen Rohstoffquellen zugrunde richteten. Es gibt dort altüberlieferte Sagen, vielleicht sind es sogar verkümmerte geschichtliche Berichte von ihrem außerterrestrischem Ursprung.«

Tortha Karf nickte. »Ganz gut für bewußt erworbenes Wissen«, bemerkte er. »Nun, in diesem Sektor ist unser Glück jetzt zu Ende. Wir haben dort Ärger. Ich möchte, daß sie ihn ausbügeln. Ich weiß, daß Sie kürzlich ziemlich hart rangegangen sind. Und dieser Fall ist so gelagert, daß es möglicherweise einer ziemlich drastischen Aktion bedarf.«

»Jemand von Ihren Leuten spurt nicht mehr?« fragte Varkan Vall.

»Nun, die Nachrichten sind nicht allzu genau und vollständig, aber einer von unseren Leuten ist in jenem Sektor in Schwierigkeiten geraten und braucht Hilfe — eine Forscherin auf dem Gebiet der Psychologie, eine junge Dame namens Hadron Dalla. Ich glaube, sie ist Ihnen bekannt, nicht wahr?« fragte Tortha Karf unschuldig.

»Ein wenig«, antwortete Vergan Vall mit scheinheiligem Gesicht. »Ich hatte das Vergnügen, vor etwa zwanzig Jahren mit ihr eine kurze, wenn auch ziemlich hektische Kameradschaftsehe zu führen. In was für Schwierigkeiten hat sich die liebe kleine Dalla jetzt wieder manövriert?«

»Also, offen gestanden wissen wir es nicht. Ich hoffe, sie ist noch am Leben, aber ich bin nicht sicher. Es scheint so zu sein, daß Dr. Hadron vor einem Jahr auf die zweite Ebene transponierte, um das angebliche Vorhandensein von Reinkarnation zu studieren, eine Gabe, die die Akor-Neb-Leute besitzen sollen, wie berichtet wurde. Sie reiste nach Gindrabar auf der Venus und transponierte zur zweiten Parazeitebene, zu einer Station, die von der Outtime Import & Export Trading Corporation betrieben wird — eine Zerfa-Plantage östlich vom High Ridge Land. Dort nahm sie die Identität einer Tochter des Pflanzers an und nannte sich Dallona von Hadron. Nebenbei bemerkt, alle Akor-Neb-Familiennamen sind ursprünglich Ortsnamen. Ich glaube, daß die früheren Eheverhältnisse zu kompliziert waren, um eine genaue Feststellung der Vaterschaft zu ermöglichen. Und alle Akor-Neb-Vornamen von Männern haben ein ›irz‹ oder ›arn‹ in der Mitte. Die Vornamen der Frauen enden auf ›itra‹ oder ›ona‹, verstehen Sie? Sie würden zum Beispiel Virzal von Verkan heißen.« Er machte eine kurze Pause. »Dalla, immer noch auf der zweiten Ebene, reiste mit einem regulären Passagierschiff von der Venus zur Erde. Sie landete in der Akor-Neb-Stadt Ghamma am oberen Nil. Dort stellte sie mit dem dortigen Repräsentanten der Outtime Trading Corporation Kontakt her. Es war Zortan Brend, örtlich bekannt als Brarnend von Zorda. Er konnte sich nicht, wie es eigentlich richtig gewesen wäre, Zortan nennen, weil in der Akor-Neb-Sprache Zortan ein besonders unanständiges Wort ist. Hadron Dalla verbrachte ein paar Wochen an seinem Wohnort und machte sich mit den örtlichen Verhältnissen vertraut. Dann ging sie in die Hauptstadt Darsh in Osteuropa. Dort immatrikulierte sie als Studentin am, wie die Bezeichnung heißt, Unabhängigen Institut für Reinkarnationsforschung. Sie hatte sich einen Einführungsbrief an den Direktor des Instituts besorgt, einem Dr. Harnosh von Hosh.

Bald darauf begann sie an ihre Heimatorganisation, die Rhogom Memorial Foundation der psychologischen Wissenschaft hier in Dhergabar, Berichte zu schicken. Diese Berichte liefen über Zortan Brend. Die Leute waren begeistert. Ich habe nicht mehr als die Kenntnis eines durchschnittlich intelligenten Laien — ich hoffe, mich so nennen zu können —, aber Dr. Volzar Darv, der Direktor der Rhogom Foundation, daß bereits jetzt, in der gegenwärtig unvollständigen Form, ihre Berichte der Wissenschaft völlig neue Horizonte eröffnet hätten. Es scheint, als hätten diese Akor-Neb-Leute tatsächlich wissenschaftlich demonstriert, daß die menschliche Persönlichkeit eine Reinkarnation nach dem physischen Tode erlebt! Das heißt, daß Ihre Persönlichkeit und meine als solche seit Ewigkeiten existiert haben und in Ewigkeit existieren werden. Mehr noch: man hat dort die Möglichkeit, Erinnerungen an frühere Reinkarnationen aufzuzeichnen.

Nun, nach etwa einem Monat entdeckten Angehörige dieses Reinkarnations-Instituts, daß Dallona keine gewöhnliche Studentin war. Sie hatte wahrscheinlich Schwierigkeiten, ihr nach dortigen Verhältnissen überlegenes physikalisches Wissen zu verbergen. Also wurde ihr, sobald sie die Techniken beherrschte, erlaubt, Experimente nach ihren eigenen Ideen durchzuführen. Ich kann mir vorstellen, daß sie sich darüber ausgelassen hat. Sobald sie die Standardmethoden von Akor-Neb beherrschte — gemeint sind hier die Methoden zur Wiederentdeckung von Erinnerungen aus früheren Reinkarnationen —, begann sie diese Methoden zu verfeinern und zu entwickeln, besser, als es den dortigen Forschern in den vergangenen tausend Jahren gelungen war. Ich kann Ihnen nicht sagen, was sie im einzelnen gemacht hat, weil ich den Gegenstand ihrer Forschungen nicht genau kenne, aber sie muß die Dinge ziemlich vorwärts gebracht haben. Sie wurde zu einer sehr bekannten Persönlichkeit. Nicht nur in wissenschaftlichen Zeitschriften, sondern auch in den allgemeinen Nachrichtenmitteln wurde viel über sie berichtet.

Vor vier Tagen verschwand sie dann plötzlich, und ihr Verschwinden scheint mit einem erfolglosen Anschlag auf ihr Leben zusammenzuhängen. Wir wissen darüber nicht so viel wie wir wissen müßten. Alles, was wir haben, ist Zortan Brends Bericht. Es scheint, daß sie am Abend ihres Verschwindens an einer festlich begangenen freiwilligen Entleibung teilgenommen hat — einer Selbstmordparty des prominenten Adeligen Garnon von Roxor. Offensichtlich laden die Akor-Neb-Leute, wenn sie ihres gegenwärtigen Lebens überdrüssig werden, ihre Freunde ein, veranstalten eine große Gesellschaft oder ein fröhliches Festessen. Danach nehmen sie Gift oder atmen tödliches Gas ein. Der hier in Frage kommende Bursche ließ sich von seinem persönlichen Leibwächter eine Kugel durch den Kopf schießen. Dalla war einer der Ehrengäste, zusammen mit diesem Harnosh von Hosh. Man hatte ziemlich sorgfältig ausgearbeitete Vorbereitungen getroffen, und nach der Erschießung erhielt man eine ziemlich detaillierte und offensichtlich authentische spiritistische Mitteilung von dem eben verblichenen Garnon. Es scheint so, als sei die freiwillige Entleibung ein übliches gesellschaftliches Ereignis gewesen, aber die Mitteilungen nach der Entleibung verursachten einen ziemlichen Aufruhr. Sie machten Schlagzeilen in allen Nachrichtenmedien des ganzen Systems und lösten einen Sturm von Streitfragen aus.

Nach der Erschießung und den nach seiner Entleibung erfolgten Mitteilungen Garnons nahm Dalla seinen früheren Leibwächter, einen hervorragenden Schützen, in ihren Dienst. Dieser Mann, ein gewisser Dirzed, gilt als ein allgemein respektiertes Mitglied von etwas, was man dort die Gesellschaft der Gardewächter nennt, und das wird Ihnen eine weitere Vorstellung davon geben, was auf diesem Sektor vorgeht. Deshalb kann ich dorthin auch nur jemanden schicken, der nicht im falschen Augenblick einen Krampf in seinem Zeigefinger am Abzug der Waffe bekommt.

Dalla und Dirzed verließen das Haus des Gentleman, der sich hatte entleiben lassen, und begaben sich wahrscheinlich in Dallas Wohnung, die etwa hundert Meilen entfernt liegt. Das ist das letzte, was von den beiden gehört wurde.«

Er zündete sich eine neue Zigarette an und fuhr dann fort: »Dieser Anschlag auf Dallas Leben erfolgte bereits, als die Festlichkeit vor der Entleibung noch im Gange war — so wird uns berichtet —, war also schon länger geplant. Sie bewohnt eine Sechszimmerwohnung und hat drei Bedienstete. Die Wohnung liegt in einem der oberen Stockwerke eines tausend Meter hohen Wohnturms — die Städte auf Akor-Neb werden vertikal gebaut, mit beträchtlichen Zwischenräumen zwischen den hohen Einheiten. Während sich Dalla auf diesem Fest befand, wurde im Wohnturm ein Paket abgegeben, das anscheinend vom Reincarnation Institut zu stammen schien und aussah, als enthalte es Tonbänder. Einer ihrer Diener nahm es von einem Angestellten der Verwaltung des Wohnturms entgegen. Am nächsten Tag, kurz vor Mittag, rief Dr. von Hosh über Bildtelefon bei ihr an und erhielt keine Antwort. Daraufhin rief er den Verwaltungsdirektor an, der die Wohnung öffnete. Er fand die drei Bediensteten, die durch giftiges Gas getötet worden waren. Es muß sich in einer Bombe befunden haben, die beim Öffnen des Päckchens durch einen der Diener explodierte. Hadron Dalla war jedoch allem Anschein nach in der Nacht davor nicht in ihre Wohnung zurückgekehrt.«

Verkan Vall saß bewegungslos und mit ausdruckslosem Gesicht in seinem Sessel, als er die Ausführungen Tortha Karfs nochmal im Hinblick auf die schwierigen semantischen und psychologischen Vorgänge der Mentalität auf der ersten Ebene durchdachte. Die Tatsache, daß Hadron Dalla früher seine Frau gewesen war, hatte er in eine Ecke seines Bewußtseins verdrängt und dort abgelegt, da die Tatsache seiner früheren Verbindung im Augenblick mit dem Problem nichts zu tun hatte und für dessen Behandlung ohne Bedeutung war.

»Das Päckchen wurde abgeliefert, während sie sich auf dieser Selbstmord-Party befand«, überlegte er laut. »Es muß deshalb von jemandem geschickt worden sein, der entweder nicht wußte, daß sie sich nicht in ihrer Wohnung befand, oder erwartete, es würde erst nach ihrer Rückkehr explodieren. War ihr Verschwinden dagegen die Folge einer feindlichen Aktion, so war diese das Werk von jemanden, der wußte, daß sie auf dem Fest war, und der nicht wollte, daß sie ihre Wohnung noch einmal betreten sollte. Das würde den Absender der Paketbombe mit Sicherheit ausschließen.«

Tortha Korf nickte. Er war selbst zu der gleichen Auffassung gelangt.

»Also muß Dalla«, fuhr Verkan Vall fort, »wenn ihr Verschwinden das Werk eines Feindes war, zwei Feinde haben, die in Unkenntnis der Pläne des anderen arbeiten.«

»Womit hat sie, Ihrer Meinung nach, eine solche Feindschaft provoziert?«

»Nun, es könnte zunächst einmal einfach die Tatsache sein, daß Dallas normalerweise schon recht kompliziertes Liebesleben noch ein wenig komplizierter geworden ist als üblich und eine Kurzschlußhandlung hervorgerufen hat«, erklärte Verkan Vall aus der persönlichen Erfahrung, »aber das bezweifle ich im Augenblick. Ich möchte eher annehmen, daß diese Affäre politische Gründe hat.«

»Wirklich?« Tortha Karf hatte nicht an Politik als eine Erklärung gedacht. Er wartete darauf, daß Verkan Vall dies darlegte.

»Bedenken Sie doch, Chef«, fuhr der Spezialassistent fort, »daß wir den Glauben an eine Wiederauferstehung in vielen Zeitläufen als eine religiöse Lehre antreffen. Die Leute von Akor-Neb jedoch betrachten sie als eine wissenschaftliche Tatsache, die eine weit größere Überzeugungskraft hat als eine Glaubenslehre. Sie muß das gesamte Denken eines Volkes beeinflussen. Der Beweis dafür ist die den Menschen von Akor-Neb eigene Mißachtung des Todes — sie betrachten den Selbstmord als eine soziale Funktion. Betrachten Sie doch auch diese Vereinigung der Gardewächter, die ohne jede Hemmung und Schädigung ihres Ansehens töten. Die wissenschaftliche Anerkennung der Reinkarnation wird natürlich auch auf das politische Denken abfärben. Denn Politik ist doch schließlich nichts anderes als ein gemeinsames Handeln, um bessere Lebensbedingungen sicherzustellen. Und für diese Menschen schließt der Begriff ›Lebensbedingungen‹ nicht nur das gegenwärtige Leben ein, sondern ebensogut eine unbestimmte Zahl von zukünftigen Leben. Ich finde die Bezeichnung Unabhängiges Institut vielsagend. Wovon unabhängig? Wahrscheinlich vom Einfluß politischer Parteien.«

»Aber müßten ihr diese Leute nicht für ihre Entdeckungen dankbar sein, die sie doch in die Lage versetzen könnten, ihre zukünftigen Reinkarnationen intelligenter zu planen?« fragte Tortha Karf.

»Oh, Chef!« sagte Varkan Vall vorwurfsvoll. »Sie wissen das genau! Wie oft sind unsere Leute auf anderen Zeitebenen in Schwierigkeiten gekommen, weil sie wissenschaftliche Tatsachen entdeckt haben, die zu dem dort verehrten Unsinn in Widerspruch standen? Wenn Sie mir zehn Männer bringen, die eine bestimmte religiöse Lehre oder eine politische Ideologie vertreten, dann bringe ich Ihnen neun andere, deren Verstand sich aufs äußerste jedem tatsächlichen Beweis gegenüber verschließt, der ihren Auffassungen widerspricht. Ja, sie halten den Entdecker solcher Beweise sogar für einen Verbrecher, der ausgeschaltet werden muß. So gibt es zum Beispiel auf der vierten Ebene im europäisch-amerikanischen Gebiet, wo ich vor kurzem gearbeitet habe, eine politische Sekte, die Kommunisten, die in den von ihr beherrschten Gebieten erbbiologische und vererbungswissenschaftlich einwandfrei erwiesene Tatsachen zu lehren verbieten, weil diese Tatsachen nicht in das von ihnen vorgezeichnete Weltbild passen und also ihren politischen Glaubensgrundsätzen widersprechen. Und auf dem gleichen Gebiet hat vor kurzem eine religiöse Sekte mit gewissem Erfolg versucht, die Lehre von der Evolution durch natürliche Auslese gesetzlich zu verbieten.«

Tortha Karf nickte. »Ich erinnere mich an einige Geschichten, die mir mein Großvater erzählt hat, wie er mit knapper Not einer Institution entkommen ist, die sich Heilige Inquisition genannt hat, als er Para-Zeit-Beauftragter auf der vierten Ebene war — vor etwa vierhundert Jahren. Ich glaube, daß solche Institutionen auf dem europäisch-amerikanischen Gebiet noch heute arbeiten. Sie sind also der Meinung, daß Dalla etwas bewiesen hat, was den in Akor-Neb gültigen Theorien über die Reinkarnation widersprochen hat, und jemand, der ein altbegründetes Interesse an der Aufrechterhaltung der alten Theorien hat, versucht nun, Dalla zu beseitigen?«

»Sie haben von einem Streit gesprochen, der den Berichten zufolge bei der freiwilligen Entleibung dieses Adeligen entstanden sein soll. Das könnte auf eine unterschiedliche Meinung über die Art und Weise der Reinkarnation oder den Zustand in der Zeit der Entleibung hindeuten. Diese Differenz könnte die Trennungslinie zwischen verschiedenen politischen Parteien darstellen. Nun, was muß ich tun, um in dieses Darsh zu kommen. Muß ich erst zur Venus fliegen, wie Dalla es getan hat?«

»Nein. Die Outtime Trading Corporation hat Transpositionsmöglichkeiten nach Ravanan am Nil, das räumlich mit der Stadt Ghamma auf dem Akor-Neb-Gebiet zusammenhängt. In Ghamma ist Zortan Brend. Sie transponieren nach Ghamma, wo Zortan Brend für Ihre Beförderung nach Darsh sorgen wird. Sie werden hier noch etwa zwei Tage brauchen, um Ihre hypnomechanischen Kenntnisse aufzunehmen und Ihre Haut pigmentiert zu bekommen. Außerdem muß Ihr Haar schwarz gefärbt werden. Ich werde Zortan Brend sofort davon in Kenntnis setzen, daß Sie kommen. Gibt es noch etwas Besonderes, was Sie benötigen?«

»Ja, ich möchte einen Auszug von allen Berichten haben, die Dalla an die Rhogom Foundation geschickt hat. Es ist möglich, daß darin Hinweise darauf enthalten sind, wer sich gegen ihre Entdeckungen gestellt hat. Ich werde mich in einen Zerfa-Pflanzer verwandeln, einen Freund ihres Vaters. Daher brauche ich auch volle hypnomechanische Einweisung, um diese Rolle spielen zu können. Und es wird nötig sein, mich mit den Waffen auf Akor-Neb vertraut zu machen. Ich glaube, das wäre alles, Chef.«

Verkan Vall — vorübergehend Lord Virzal von Verkan — stand auf dem Aussichtsdeck seines Raumschiffes und blickte in die Tiefe. Weit voraus im Nordosten waren das Rote Meer und der im Dunst liegende Block Kleinasiens zu erkennen . . .

Es war ein anderer Verkan Vall als der, der erst vor zwei Tagen mit Tortha Karf in dessen Büro gesprochen hatte. Die Kosmetiker auf der ersten Ebene hatten mit ihren Künsten Wunder an ihm vollbracht. Seine Hautfarbe war jetzt, nach der Behandlung, ein helles Schokoladebraun. Das Haar war lackschwarz und ebenso seine Augen. In seinem Unterbewußtsein war ein weites Wissen über die Bedingungen auf Akor-Neb gespeichert, das er sofort ins volle Bewußtsein rufen konnte. Ebenso hatte er auf hypnotischem Wege die völlige Beherrschung der Sprache erworben.

Es war ihm bekannt, daß er auf eine kleinere Provinzstadt einer respektabel fortgeschrittenen Kultur hinunterblickte. Man baute die Städte in die Höhe, nachdem man mit den Schwerkraftgesetzen fertig zu werden gelernt hatte. Es war zwar eine Kultur, die noch von natürlichem Getreide als Nahrung abhängig war, die jedoch bereits gelernt hatte, ihren Ackerboden auf die wirksamste Art zu bearbeiten, die es gab. Das Netzwerk von Dämmen und Bewässerungskanälen war ebenso gut wie das, was es auf der ersten parazeitlichen Ebene sah. Die weit auseinanderliegenden Gebäude waren ein Erbe einer Serie von Atomkriegen aus der Zeit vor ein paar tausend Jahren. Die Akor-Neb-Leute hatten die weiten Zwischenräume aus freiem Gelände und Wäldern lieben gelernt. Sie hatten deshalb die Gewohnheit beibehalten, ihre Bauten weitverstreut zu errichten, obwohl die Notwendigkeit dazu nicht mehr bestand. Aber die schlanken, hohen Gebäude konnten nur von einer Bevölkerung errichtet werden, die den Nationalismus verbannt hatte und damit die Bedrohung durch einen totalen Krieg. Sie bedeuteten für ihn den auffälligsten Unterschied zu den sich an den Boden schmiegenden niedrigen Kuppelbauten der Kiftan-Zivilisation, die nur einige tausend Parajahre entfernt war.

Drei Männer kamen aus der Wandelhalle. Einer war, wie er selbst, ein verkleideter Parazeit-Agent von der ersten Ebene —, der Mann vom Outtime Export und Import, Zortan Brend, hier auf der zweiten Ebene als Brarnend von Zorda bekannt. Die beiden anderen waren Akor-Neb-Leute. Beide trugen schwarze uniformähnliche Jacken mit dem Abzeichen eines geflügelten Geschosses der Vereinigung der Gardewächter. Anders als Varkan Vall und Zortan Brend, die Schulterhalfter unter ihren kurzen Jacken trugen, zeigten die Gardewächter offen ihre Pistolen und Dolche, die sie an Gürteln trugen.

»Wir haben gehört, daß Sie vor zwei Tagen angekommen sind, Lord Virzal«, sagte Zortan Brend. »Wir haben den Start dieses Schiffes hinausgezögert, so daß Sie so unauffällig wie möglich nach Darsh reisen konnten. Ich habe für Sie auch eine Suite im Solar Hotel von Darsh gebucht. Und diese beiden Herren sind Ihre Gardewächter — Olirzon und Marnik.«

Verkan Vall schüttelte ihnen die Hände und klopfte ihnen auf die Schultern.

»Virzal von Verkan«, stellte er sich vor. »Ich bin sehr froh, daß ich mich von Ihnen beschützt weiß.«

»Wir werden unser Bestes für Sie tun, Lord Virzal«, sagte der ältere der beiden, Olirzon. Er zögerte einen Augenblick, dann fuhr er fort: »Verstehen Sie bitte, Lord Virzal, wenn ich Fragen stelle. Es geht nur um Informationen, die ich zu Ihrem Schutz benötige. Ist eigentlich diese Sache mit Lady Dallona eine polizische Angelegenheit?«

»Nicht von unserer Seite aus«, erklärte Verkan Vall. »Lady Dallona ist eine Wissenschaftlerin. Der ehrenwerte Brarnend hier ist Geschäftsmann. Er befaßt sich überhaupt nicht mit Politik, solange ihn die Politiker in Ruhe lassen. Und ich bin ein Pflanzer von der Venus. Ich habe genug Ärger mit den Eingeborenen, dem Wetter und der blauroten Verfärbung bei den Zerfapflanzen. Ich habe Ärger mit den Giftfischen und den Wilderern. Mein Ärger reicht mir völlig, so daß ich mich nicht auch noch in die Politik einmischen muß. Aber die Wissenschaft der Psychologie ist unentwirrbar mit der Politik verflochten. Und die Arbeit von Lady Dallona scheint offensichtlich dazu geführt zu haben, daß ihre Theorie über die Reinkarnation bei den Statistikalisten unbeliebt geworden ist.«

»Treiben Sie oft solche Tiefstapeleien, Lord Virzal?« lachte Olirzon. »In den letzten sechs Monaten hat Lady Dallona die Programme der Statistikalisten völlig in Fetzen gerissen.«

»Nun, ich bin kein Physiker, und wie ich schon gesagt habe, weiß ich nicht viel über die Politik auf Terra«, antwortete Verkan Vall. »Ich weiß, daß die Statistikalisten für völligen Sozialismus und staatliche Kontrolle der gesamten Wirtschaft sind, weil sie wollen, daß jedermann die gleichen Möglichkeiten bei jeder Reinkarnation haben soll. Und die Volitionalisten glauben, daß jedermann die Reinkarnation haben soll, die er wünscht, und deshalb ziehen sie die Beibehaltung des gegenwärtigen Systems von Privateigentum und persönlichem Vermögen vor, ebenso wie das unternehmerische Gewinnstreben im Rahmen des freien Wettbewerbs. Und das ist aber auch schon ungefähr alles, was ich weiß. Als Grundbesitzer und Träger eines Adelstitels gehöre ich natürlich politisch zu den Volitionalisten. Im übrigen ist der Sozialismus auf der Venus ohne Bedeutung. Es gibt dort immer noch zu viel unbesiedeltes Land und zu viele individuelle Möglichkeiten, als daß der Kommunismus für irgend jemanden attraktiv sein könnte.«

»Nun, das wäre es also«, erklärte Zortan Brend. »Ich bin nicht genug Psychologe, um genau erkennen zu können, was Lady Dallona rein fachlich geleistet hat, aber sie hat doch wohl der Auffassung der Statistikalisten über die Reinkarnation den Boden unter den Füßen weggezogen und damit wohl auch die Grundlage des von dieser Partei angestrebten Kommunismus. Ich bin sicher, daß für alles, was Lady Dallona zugestoßen ist, die statistikalistische Partei verantwortlich zeichnet.«

Marnik, der jüngere der beiden Gardewächter, zögerte einen Augenblick und wandte sich dann an Verkan Vall:

»Lord Virzal, ich kenne keine der Persönlichkeiten, die in diese Angelegenheit verwickelt sind, und ich sage das auch nicht, bloß um zu widersprechen. Aber wäre es nicht möglich, daß Lady Dallona und der Gardewächter Dirzin freiwillig miteinander irgendwohin gegangen sind? Ich kenne Dirzed, und er hat eine ganze Reihe von Eigenschaften, die Frauen attraktiv finden, und er ist für die Reize des anderen Geschlechts keineswegs unempfänglich. Sie verstehen, Lord Virzal?«

»Ich verstehe Sie nur allzu gut, Marnik«, antwortete Verkan Vall aus seiner ureigensten Erfahrung. »Lady Dallona hat mit einer ganzen Anzahl von Männern Affären gehabt, ich selbst eingeschlossen. Aber unter den gegebenen Umständen erscheint mir diese Erklärung unwahrscheinlich.«

Marnik sah ihn mit offener Skepsis an. Ganz offensichtlich war nach seiner Beurteilung diese Möglichkeit nie unwahrscheinlich, wenn es sich um eine schöne Frau und einen attraktiven Mann handelte.

»Lady Dallona ist Wissenschaftlerin«, erklärte Verkan Vall. »Sie ist nicht zu erhaben, um sich mit Liebesaffären die Zeit zu vertreiben, aber das ist auch alles, was Liebe für sie ist: ein nicht allzu wichtiger Zeitvertreib. Und wenn Sie sich daran erinnern, daß sie kürzlich an einem äußerst bedeutungsvollen Experiment teilgenommen hat, dürfen Sie sicher sein, daß sie zur Zeit andere Dinge im Kopf hat als Vergnügungsreisen mit gutaussehenden Gardewächtern.«

Das Raumschiff überflog eben den Kaukasus, das Kaspische Meer kam bereits in Sicht, als einige Angehörige der Crew auf dem Beobachtungsdeck erschienen und Schutzschilder anbrachten, um das Deck gegen Gewehrfeuer zu schützen. Zortan Brend fragte den kleinen Schiffsoffizier nach der Notwendigkeit dieser Maßnahme.

»Wir haben Nachrichten abgehört, die besagen, daß es in Darsh Unruhen gibt, Sir«, sagte der Mann. »Alle paar Minuten kommen Meldungen durch über Unruhen in verschiedenen Teilen der Stadt. Es begann gestern abend, als ein paar Mitglieder des statistikalistischen Exekutivrates zurücktraten und zu den Volitionalisten übertraten. Lord Nirzav von Shonna, der einzige Adelige von Ansehen in der Partei der Statistikalisten, war einer davon. Er wurde unmittelbar nach seinem Austritt erschossen, als er die Räume der Exekutivkammer mit ein paar Gardewächtern verließ, die bei ihm waren. Einige Leute in einem Flugboot mähten sie mit einem Maschinengewehr nieder, als sie auf die Landebühne hinaustraten.«

Die beiden Gardewächter stießen wütende Flüche aus.

»Das war auf keinen Fall das Werk von Gardewächtern!« erklärte Orilzon erregt. »Auch nachdem er zurückgetreten war, stand Lord Nirzav noch unter dem Schutz der Immunität, solange er sich im Regierungsgebäude befand. Da treibt sich verdammt viel lumpiges Gesindel herum! Das sind keine Gardewächter, das sind Mörder!«

»Was ist weiter passiert?« wollte Verkan Vall wissen.

»Ziemlich genau das, was zu erwarten war, Sir. Die Volitionalisten waren nicht bereit, das Attentat ruhig hinzunehmen. Während der letzten achtzehn Stunden wurden vier prominente Statistikalisten gewaltsam entleibt. Und im Haus von Mirsark von Bashad kam es sogar zu einem Gefecht, als Gardewächter der Volitionalisten dort einbrachen. Drei von ihnen und vier von Mirzarks Gardewächtern wurden entleibt.«

»Weißt du, man wird deswegen etwas unternehmen müssen«, sagte Olirzon zu Marnik. »Es ist soweit, daß diese Parteikämpfe nur mehr zwischen Mitgliedern unserer Vereinigung ausgetragen werden. Im letzten Jahr haben wir dadurch in Ghamma allein dreißig oder vierzig unserer Mitglieder verloren.«

»Schalten Sie einen Bildschirm für Nachrichten ein«, befahl Zortan Brend dem Schiffsoffizier. »Wollen mal sehen, was in Darsh zur Zeit los ist.«

In Darsh, so schien es, hatte man einen wahrscheinlich trügerischen Frieden geschlossen. Vall sah schwerbewaffnete Flugboote und leichte Kampfschiffe zwischen den Hochhäusern der Stadt patrouillieren. Er beobachtete, wie ein paar kleinere Zusammenstöße von der blauuniformierten Polizei niedergeschlagen wurden. Dabei gab es ziemlich heftige Schießereien und eine rohe Gleichgültigkeit auf beiden Seiten, wer dabei erschossen wurde. Das war keineswegs die Art von polizeilichem Vorgehen, wie man es in der zivilen Ordnungsabteilung auf der ersten Ebene geduldet hätte, aber den Gewohnheiten auf Akor-Neb schien es zu entsprechen. Er hörte sich eine Reihe gegenseitiger Beschuldigungen von Politikern und ihre gegensätzlichen Aussagen an, womit der jeweilige Gegner für die Ausschreitungen verantwortlich gemacht wurde. Die Volitionalisten bezeichneten die Statistikalisten als »geistesgestörte Verbrecher« und »Totengräber der sozialen Stabilität«, die Statistikalisten nannten die Volitionalisten »reaktionäre Verbrecher« und »Feinde des sozialen Fortschritts«. Die Politiker der verschiedenen Ebenen, stellte Verkan Vall fest, unterschieden sich in ihrem Wortschatz nur wenig.

Diese Ereignisse dauerten an, während das Schiff das Kaspische

Meer überflog. Als sie dem Wolgatal folgten, kam einer der Schiffsoffiziere vom Kontrolldeck herunter.

»Wir fliegen jetzt Darsh an«, sagte er, und als sich Verkan Vall vom Bildschirm wegdrehte und zu den vorderen Fenstern blickte, konnte er die weißen und pastellfarbenen Wohntürme der Stadt sehen, die sich aus den Laubwäldern erhoben, die in diesem Gebiet das ganze Wolgabecken bedeckten.

»Ihr Gepäck ist ins Flugboot gebracht worden, Lord Virzal. Es kann ablegen, wann immer Sie wünschen; es ist startklar.« Der Offizier sah auf seine Uhr. »Wir werden in zwanzig Minuten im Commercial Center landen. Das Solar Hotel werden wir in zehn Minuten überfliegen, meine Herren.«

Alle standen auf, und Verkan Vall schüttelte Zortan Brend die Hand und klopfte ihm auf die Schulter.

»Viel Glück, Lord Virzal«, sagte Brend. »Ich hoffe, Sie finden Lady Dallona unversehrt. Wenn Sie Hilfe brauchen, ich bin noch einen Tag oder zwei hier im Mercantile Haus. Wenn Sie vor mir nach Ghamma zurückkommen, so wissen Sie ja, nach wem Sie dort fragen müssen.«

Auf den Fluren und in den Büros des Unabhängigen Instituts für Reinkarnationsforschung lungerten Gardewächter herum, als Verkan Vall, von Marnik begleitet, am Nachmittag dort vorsprach. Einige der Wächter trugen Maschinenpistolen oder Schlafgaspistolen. Alle Leute wurden von ihnen angehalten und befragt, eigentlich mehr vernommen als befragt. Aber Marnik brauchte ihnen nur ein rasches Zeichen zu geben und die Losung »Frieden der Gardewächter« zu sagen, und er und sein Dienstherr durften passieren. Sie betraten eine Heberöhre und schwebten in das Büro von Dr. Harnish von Hosh empor, mit dem sich Verkan Vall verabredet hatte.

»Es tut mir leid, Lord Virzal«, sagte der Direktor des Instituts, »aber ich habe keine Ahnung, was Lady Dallona widerfahren sein könnte und ob sie noch am Leben ist. Ich bin außerordentlich besorgt. Ich habe sie sowohl als Mensch als auch als Wissenschaftlerin außerordentlich geschätzt. Ich hoffe, daß sie nicht entleibt worden ist. Es wäre ein ernster Verlust für die Wissenschaft. Es ist ein Glück, daß sie ihre Arbeiten bei uns hier so gut wie abgeschlossen hatte.«

»Sie sind demnach der Meinung, daß sie nicht mehr am Leben ist?«

»Das fürchte ich. Die politischen Auswirkungen ihrer Entdekkungen —« Harnosh von Hosh zuckte traurig mit den Schultern. »Sie war in hohem und selten anzutreffendem Grade ihrer Arbeit ergeben. Ich bin sicher, daß nichts anderes als ihre Entleibung sie von uns fernhalten kann, gerade jetzt, wo so viele neue wichtige Experimente noch nicht vollendet sind, die sich aufgrund ihrer Arbeiten ergeben haben.«

Marnik nickte Verkan Vall zu, als wollte er sagen: Sie hatten recht.

»Nun, ich habe vor, von der Annahme auszugehen, daß sie noch am Leben ist und Hilfe benötigt — bis ich nicht vom Gegenteil völlig überzeugt bin«, sagte Verkan Vall. »Wenn dem aber so sein sollte, mein lieber Dr. Harnosh, werde ich herausfinden, wer sie entleibt hat und ihn zu ihr schicken, damit er sich persönlich bei ihr entschuldigen kann. Niemand darf meine Freunde ungestraft gewaltsam entleiben.«

»Eine gesunde Ansicht«, stellte Dr. Harnosh fest. »Es ist bis jetzt auch kein positiver Beweis dafür vorhanden, daß sie nicht mehr am Leben ist. Ich würde mich freuen, Ihnen in jeder Weise helfen zu können.«

»Nun, in erster Linie«, begann Verkan Vall, »wüßte ich gern, woran sie gearbeitet hat.« Er kannte die Antwort darauf zwar aus den Berichten, die Dallona zur ersten Ebene geschickt hatte, aber er wollte doch die Version von Dr. Harnosh hören. »Und welche politischen Auswirkungen das waren, die Sie erwähnt haben. Sie müssen verstehen, Dr. Harnosh, ich bin kein Wissenschaftler, und jede Frage, die keine Beziehung zum Zerfa-Anbau hat, bringt mich in Verlegenheit. Auf der Venus besteht Politik in der Hauptsache in dem Problem, wieviel Bestechungsgeld man aus irgendeiner Sache herausholen kann.«

Dr. Harnosh lächelte. Offensichtlich hatte er schon von den Politikern der Venus gehört.

»Ach ja, richtig, ich habe schon davon gehört«, sagte er, »aber die wesentlichen Unterschiede zwischen den Theorien der Statistikalisten und denen der Volitionalisten sind Ihnen doch bekannt?«

»Nur ganz allgemein. Die Volitionalisten sind der Auffassung, daß die entleibte Persönlichkeit bei vollem Bewußtsein ist. Sie ist also in der Lage, sich den Träger für ihre Reinkarnation selbst auszuwählen, kann auch darüber entscheiden, ob sie entleibt bleiben will oder die Reinkarnation wünscht. Sie glauben auch, daß die entleibten Persönlichkeiten untereinander Mitteilungsmöglichkeiten haben und auf dem Wege der Telepathie zumindest auch mit einigen lebenden Individuen«, sagte er. »Die Statistikalisten bestreiten das alles. Ihrer Meinung nach befindet sich die entleibte Persönlichkeit in einer Art schlafwandlerischem Zustand, aus dem sie durch einen Vorgang wie dem des Tropismus — dem Reiz, der Pflanzen in eine bestimmte Richtung wachsen läßt — vom nächstverfügbaren Reinkarnationsträger herausgeholt wird und daß sie dann in diesem und nur in diesem einen Träger zur Reinkarnation kommen kann. Man nennt sie Statistikalisten, weil sie glauben, daß der Prozeß der Reinkarnation ein rein zufälliger ist oder von unbekannten und unkontrollierbaren Ursachen gesteuert wird, und daß die Träger nicht frei ausgewählt werden können.«

»Das ist eine recht gute allgemeine Zusammenfassung«, sagte Dr. Harnosh von Hosh zurückhaltend, der nicht bereit war, einem Laien mehr Anerkennung zu zollen. Er tauchte einen Löffel in einen Behälter, in dem er seinen Tabak aufbewahrte, bestäubte den Tabak leicht mit getrocknetem Zerfa und stopfte ihn in die Pfeife.

»Sie müssen verstehen, daß unsere heutigen Statistikalisten die geistigen Erben jener früheren materialistischen Denker sind, die die Möglichkeit einer entleibten Existenz ablehnten, ebenso die eines außerphysischen Verstandes, ja sogar der übersinnlichen Wahrnehmung. Nachdem all diese Dinge als Tatsachen nachgewiesen wurden, mußte das materialistische Dogma erweitert werden, um sie einzufügen, aber alles streng im Rahmen des Materialismus.

Wir haben zum Beispiel nachgewiesen, daß die menschliche Persönlichkeit im Zustand der Entleibung existieren kann, daß die Reinkarnation im Körper eines Kindes möglich ist — eines Kleinkindes, unmittelbar nach der Geburt. Die Statistikalisten können jedoch die Idee eines entleibten Bewußtseins nicht anerkennen, da sie das Bewußtsein lediglich als eine Funktion des körperlichen Gehirns ansehen. Also nehmen sie eine unbewußte entleibte Persönlichkeit als zutreffend an. Sie müssen dieser entleibten Persönlichkeit Erinnerungsvermögen zubilligen, da durch die Aufzeichnung von Erinnerungen bewiesen wurde, daß entleibte Existenz und Reinkarnation Tatsachen sind. Die Statistikalisten stellen die entleibte Persönlichkeit als ein materielles Objekt oder einen physikalischen Fall dar, von zwar unwesentlicher, jedoch tatsächlich vorhandener Masse, in der eine unbestimmte Anzahl von Erinnerungen als elektronische Ladungen aufbewahrt sein können. Und sie stellen es so dar, daß diese unwiderstehlich vom Körper des zufällig nächstbefindlichen Kleinkindes angezogen werden. Eigenartigerweise ist dabei der gewählte Träger für die Reinkarnation beinahe immer vom gleichen Geschlecht wie der Träger der vorhergegangenen Reinkarnation. Ausnahmen bilden nur Fälle von Personen, in deren früherer Geschichte eine psychologische Geschlechtsumkehrung vorgekommen ist.«

Dr. Harnosh erinnerte sich daran, daß er die Pfeife in seiner Hand noch nicht angezündet hatte, steckte sie in den Mund und zündete sie an. Einige Sekunden saß er paffend da, bis die Pfeife zu seiner Zufriedenheit zog. »Dieser Glaube an die sofortige unfreiwillige Reinkarnation veranlaßt die Statistikalisten, wenn sie Duelle austragen oder freiwillige Entleibung vornehmen, dazu, dieses in der Nähe von Kinderkliniken zu tun«, fügte er hinzu. »Ich weiß jedoch von einem Fall eines Gedächtnisrückrufes, bei welchem das Subjekt, ein Statistikalist, sich in einem Raum unserer örtlichen Geburtsklinik durch Einatmen von tödlichem Gas freiwillig entleibte und dann zwanzig Jahre später und dreitausend Meilen entfernt seine Reinkarnation erlebte.« Der schwarze, rechteckig gestutzte Bart des Wissenschaftlers wackelte, als der Wissenschaftler lachte.

»Nun zu den politischen Verwicklungen aufgrund dieser gegensätzlichen Theorien: Da die Statistikalisten glauben, daß sie ihre Reinkarnation über einen rein zufällig in nächster Nähe befindlichen Träger erleben werden, ist es ihr Ziel, eine völlig klassenlose soziale und wirtschaftliche Ordnung zu schaffen. Nur so können theoretisch jeder Persönlichkeit bei ihrer Reinkarnation die gleichen Lebensbedingungen und Chancen geboten werden. Deshalb ist ihr Programm das einer völligen Sozialisierung aller Produktions- und Verteilungsmittel, Abschaffung ererbter Titel und Vermögen beziehungsweise des Besitzes. Und natürlich die totale Regierungskontrolle aller wirtschaftlichen, sozialen und kulturellen Aktivitäten. Natürlich«, entschuldigte sich Dr. Harnosh, »ist Politik nicht mein Fach. Ich würde mir nicht zutrauen zu beurteilen, wie das in der Praxis funktionieren würde.«

»Ich schon«, sagte Verkan Vall und dachte an die Zeitebenen, auf denen er derartige Systeme in Funktion gesehen hatte. »Es würde Ihnen nicht gefallen, Doktor. Und die Volitionalisten?«

»Nun, da sie glauben, die Umstände ihrer nächsten Inkarnation selbst wählen zu können, sind sie die Partei des Status Quo. So sind natürlich beinahe alle Adeligen, beinahe alle Kaufmanns- und Fabrikantenfamilien und die meisten Bürger, Bauern und Handwerker Volitionalisten. Die meisten Arbeiter sind Statistikalisten. Oder sie waren es wenigstens zum größten Teil, bevor wir begonnen haben, die Ergebnisse der experimentellen Arbeit zu veröffentlichen.«

»Aha, jetzt kommen wir zum Kern der Sache«, sagte Verkan Vall, als der Professor eine Pause machte.

»Ja, in etwas vereinfachter Form ist die Situation etwa so«, sagte Dr. Harnosh von Hosh. »Lady Dallona hat unsere Technik der Wiedererlangung der Erinnerungen an vergangene Reinkarnationen um eine Anzahl von Verbesserungen und einige absolute Neuerungen bereichert. Früher war es notwendig, das Subjekt im Trancezustand zu halten. In diesem Zustand erzählte sie oder er das, woran er sich aus früheren Inkarnationen erinnerte. Das wurde auf Band aufgenommen. Nach Beendigung des Trancezustandes konnte sich das Subjekt an nichts mehr erinnern. Das Band war alles, was blieb. Aber Lady Dallona zeigte uns eine Technik, durch die diese Erinerungen in einem Raum gespeichert wurden, den man einen Vorhof des Unterbewußtseins des Subjeks nennen könnte. Dadurch war es möglich, die Erinnerungen mit Willenskraft in die Bewußtseinsebene zu bringen. Mehr noch, es gelang ihr, Erinnerungen von entleibten Existenzen wieder ins Bewußtsein zu rufen, wozu wir bisher noch nicht in der Lage waren.« Dr. Harnosh schüttelte den Kopf. »Wenn ich daran denke, als ich sie das erste Mal traf . . . Ich dachte, sie sei wieder eine jener jungen Damen mit viel Geld, die nach Sensationen suchen, und war drauf und dran, ihre Immatrikulation abzulehnen!« Er war also nicht der einzige, den die kleine Dalla überrascht hatte, dachte Verkan Vall. Jedenfalls war der Gelehrte angenehm überrascht worden.

»Verstehen Sie, das entwertet die Theorie der Statistikalisten natürlich völlig. So haben wir zum Beispiel von einem Subjekt vier ins Gedächtnis zurückgerufene Erinnerungen von vier früheren Reinkarnationen bekommen. In der ersten war das Subjekt Landarbeiter bei einem reichen Adeligen. Ungleich der meisten seiner Kollegen, die unmittelbar nach ihrer Entleibung wieder in Mitglieder anderer Bauernfamilien reinkarnierten, wartete dieser Mann fünfzig Jahre lang im Zustand der Entleibung auf eine Gelegenheit, als Sohn eines Oberbediensteten wieder zu reinkarnieren. Bei seiner nächsten Reinkarnation war er der Sohn eines Technikers und erhielt eine Ausbildung zum Techniker. Er wurde ein Forscher auf dem Gebiete der Physik. Für seine nächste Inkarnation wählte er sich den Sohn eines Adeligen und dessen Konkubine als Träger. In seiner gegenwärtigen Reinkarnation ist er Mitglied einer wohlhabenden Industriellenfamilie und heiratete in eine Adelsfamilie ein. In fünf Reinkarnationen ist er von der niedersten Stufe in den nahezu höchsten Rang in der Gesellschaft aufgestiegen. Wenige Persönlichkeiten der Klasse, aus der er stammte, besitzen so viel Ausdauer und Entschlossenheit. Und dann kam noch der Fall von Lord Garnon von Roxor dazu.«

Er fuhr fort mit der Beschreibung des Experiments, an dem Hadron Dalla teilgenommen hatte.

»Nun, das klingt alles ziemlich aufschlußreich«, bemerkte Verkan Vall. »Ich nehme an, daß die Führer der Partei der Volitionalisten mit der Arbeit von Lady Dallona sehr zufrieden waren?«

»Zufrieden? Mein lieber Lord Virzal, die platzen beinahe vor Freude darüber!« erklärte Harnosh von Hosh. »Wie ich schon dargelegt habe, basiert das Sozialisierungsprogramm der Statistikalistenpartei gänzlich auf der Voraussetzung, daß niemand die Umstände seiner nächsten Reinkarnation wählen kann. Das aber ist jetzt als barer Unsinn nachgewiesen worden. Bis zur Veröffentlichung von Lady Dallonas Entdeckungen waren sie die dominierende Partei, die die Majorität der Parlamentssitze und im Executivrat hatte. Nur die Verfassung hielt sie davon ab, ihr Sozialisierungsprogramm nicht längst in Kraft gesetzt zu haben, aber sie waren schon dabei, auf gesetzlichem Wege Verfassungsänderungen durchzuführen, die diese Barriere entfernen sollten. Sie hatten erwartet, nach den bevorstehenden Wahlen dazu in der Lage zu sein. Aber jetzt ist gesellschaftliche Ungleichheit erstrebenswert. Es gibt den Menschen die Hoffnung, bei der nächsten Reinkarnation vorwärtszukommen. Anstelle der Forderung, Wohlhabenheit, Privilegien und Adel abzuschaffen, wünscht das Proletariat, in diese bevorzugten Lebensumstände auf dem Umweg über die Reinkarnation selbst hineinzukommen.«

Harnosh von Hosh lachte glücklich. »Also können Sie verstehen, wie wütend die statistikalistische Partei ist!«

»Das Ding hat irgendwo einen Haken«, erklärte Marnik, der Gardewächter, der zum erstenmal etwas sagte. »Sie können doch nicht alle als Prinzen wiedergeboren werden; es gibt doch gar nicht genügend freie Plätze, damit das möglich wäre. Und es wird doch auch kein Adeliger als Traktorfahrer wiedergeboren werden wollen, damit er Platz macht für einen Traktorfahrer, der als Prinz wiedergeboren werden möchte.«

»Das ist völlig richtig«, antwortete Dr. Harnosh. »Es ist ein Haken bei der Sache. Ein Haken, den die meisten Leute niemals zugeben werden, nicht einmal sich selbst gegenüber. Sehr wenige

Persönlichkeiten besitzen die Willenskraft, die Intelligenz oder die Fähigkeit zu geistigen Leistungen, die das Subjekt entwickelt hat, dessen Fall ich Ihnen vorhin schilderte. Die Interessen des Durchschnittsmenschen liegen meist ausschließlich auf der physischen Seite. Er findet geistige Anstrengung schmerzhaft und unternimmt auf diesem Gebiet so wenig als möglich. Aber geistige Anstrengung ist die einzige Art von ›Tätigkeit‹, zu der eine entleibte Persönlichkeit in der Lage ist. Unfähig, die etwa fünfzig Jahre auszuhalten, die für eine wirklich vorteilhafte Reinkarnation nötig sind, führt er sie schon nach ungefähr einem Jahr durch — wahrscheinlich aus Langeweile —, über den ersten Träger, den er finden kann, einen, den wahrscheinlich sonst niemand haben will.« Dr. Harnosh zog den Kopf seiner Pfeife ab und blies durch den Stiel, dann fuhr er fort: »Aber niemand will seine eigene geistige Unterlegenheit zugeben, nicht einmal sich selbst gegenüber. Also bleibt jeder Maschinenarbeiter oder landwirtschaftliche Helfer bei dem Traum, als Prinz wiedergeboren werden zu können. Wie schon gesagt, Politik ist nicht mein Gebiet, aber ich bin bereit zu der Annahme, daß, seit die Theorie der Statistikalisten geplatzt ist, auch der von ihr angestrebte Sozialismus keine Zugkraft mehr hat und deshalb ebenso verschwinden wird wie die Partei, die zumindest jedoch die führende Rolle sehr rasch verlieren wird.«

Orlizon befand sich, als sie zurückkehrten, im Salon der Hotelsuite, rauchte eine Pfeife und schliff mit einem Taschenabziehgerät die feine Schneide seines Dolches. Er lag bequem in seinem Sessel zurückgelehnt und betrachtete eine junge Frau auf dem Bildschirm. Sie war sehr attraktiv, trug ein recht offenherziges Kleid und zeigte ihre Brüste dem unsichtbaren Volk der Zuschauer. ». . . dieses empörende Verbrechen«, erklärte sie eben, als Verkan Vall und Marnik eintraten, mit ihrer sinnlich klingenden Altstimme, »ist gemein und niederträchtig sowohl von denjenigen, die es geplant haben, wie von denen, die es ausführten!« Sie deutete anklagend mit dem Finger: »Dieser Mord an der bewunderten Lady Dallona von Hadron ist eine Ungeheuerlichkeit!«

Verkan Vall blieb mit einem Ruck stehen und überlegte, ob es möglich war, daß vor kurzem etwas entdeckt worden sein könnte, von dem er noch nichts erfahren hatte. Orlizon mußte diesen Gedanken erraten haben. Er lächelte beruhigend.

»Machen Sie sich nichts daraus, Lord Virzal«, sagte er und zeigte mit seinem Dolch auf den Bildschirm. »Nur politische Propaganda für die breite Masse. Aber immerhin eine Sprecherin, die sich sehen lassen kann.«

»Und jetzt«, die Dame mit den beachtlichen körperlichen Attributen zur besseren Erfüllung ihrer politischen Aufgaben senkte ehrfurchtsvoll die Stimme, »bringen wir Ihnen das neueste Bild von Lady Dallona und von Dirzed, ihrem treuen Gardewächter. Es wurde aufgenommen, kurz bevor sie verschwanden, um niemals mehr aufzutauchen, niemals mehr«, beendete sie ihre Werbung mit versagender Stimme.

Der Bildschirm wurde dunkel. Es waren ein paar Takte einer Art Trauermusik zu hören, dann kam das Bild wieder und zeigte die Ansicht eines großen, mit Männern und Frauen dicht gefüllten Raumes. Im Vordergrund war Lady Dallona zu sehen. Sie trug einen engen Rock von tiefem Blau und eine kurze rote Jacke. Sie sah genauso aus wie damals, als sie von den Kosmetikern der ersten Ebene ein neues Gesicht bekommen hatte, das dem etwas malaiischen Aussehen der Akor-Neb-Leute entsprach. Sie hielt den Arm eines Mannes, der die schwarze Kleidung der Gardewächter mit dem scharlachroten Abzeichen trug, einem sehr gutaussehenden Mann der Akor-Neb-Rasse. Die beiden bewegten sich mit übertriebener Langsamkeit, das heißt, das Bild erschien im Zeitlupentempo, damit der Anblick so lange miterlebt werden konnte als möglich. Nachdem er sich die neue Erscheinung seiner früheren Frau ins Gedächtnis eingeprägt hatte, konzentrierte sich Verkan Vall auf den Mann an ihrer Seite, bis das Bild verschwand.

»Also, Olirzon. Was haben Sie erfahren?« fragte er.

»Nun, zu allererst war ich natürlich in der Zentrale der Gardewächter«, berichtete er. Dabei rollte er den linken Hemdärmel hoch, hielt den nackten Arm ins Licht und schabte sich ein paar feine Haare ab, um die Schärfe seines Dolches zu prüfen. »Man erzählt dort niemals etwas über seinen Dienstherren — das ist eine selbstverständliche Praxis. Aber ich war im Büro des Hauptsekretärs, zu dem nur Gardewächter Zutritt haben. Dort befindet sich eine große Tafel mit den Namen aller Mitglieder der Vereinigung der Gardewächter. Wenn ein Wächter nicht beschäftigt und für einen Dienstherren verfügbar ist, so erscheint sein Name in weißem Licht. Hat er einen Dienstherren, so erscheint der Name blau und der Name des Klienten darunter. Wenn sein Aufenthalt unbekannt ist, leuchtet braunes Licht. Ist er entleibt, wird sein Name gelöscht, wenn nicht die Umstände seiner Entleibung eine Beleidigung der Gesellschaft darstellen. In diesem Fall leuchtet sein Name solange in roten Buchstaben, bis er gerächt, oder, wie wir sagen, bis sein Blut aufgewischt ist. Nun, der Name von Dirzed steht in blauem Licht auf der Tafel, der Name von Lady Dallona von Hadron darunter. Ich habe erfahren, daß zwei Tage lang die Namen in Braun zu sehen waren, dann jedoch wieder auf Blau umgeschaltet wurden. Haben Sie verstanden, Lord Virzal?«

Verkan Vall nickte. »Ich glaube schon. Ich hatte das für möglich gehalten, vom ersten Augenblick an. Was dann?«

»Dann hatte ich ein paar Stunden damit zu tun, herumzulaufen und allen möglichen Leuten Drinks zu spendieren — vor allem nicht organisierten Wächtern, Polizeidetektiven, Angestellten der politischen Parteien, Nachrichtenleuten. Sie sind mir dafür fünfzehn Geldeinheiten schuldig, Lord Virzal. Was ich dabei erfahren habe — ich habe es in allen Einzelheiten auf Band genommen, sobald ich zurückkam —, läßt sich nach Aussonderung aller Nebensächlichkeiten wie folgt zusammenfassen: Die Volitionalisten drehen das Unterste nach oben, um herauszufinden, wer der Spion bei dem Fest anläßlich der Entleibung von Lord Garnon von Roxor war, tun jedoch nichts, aber auch gar nichts, um Lady Dallona oder Dirzed zu finden. Die Statistikalisten machen alle möglichen geheimen Anstrengungen, um herauszufinden, was ihr zugestoßen ist. Die Polizei beschuldigt die Statistos, die Gasbombe in dem Paket geschickt zu haben. Sie ist daran wegen der Ermordung von drei Dienern mit einer illegalen Waffe interessiert. Sie behauptet, das Verschwinden von Lady Dallona sei eine reine Publicityangelegenheit. Die Volitionalisten bereiten eine öffentliche Darstellung der Sache vor, in der diese Behauptung bestritten wird.«

Verkan Vall nickte. »Das paßt mit dem zusammen, was Sie in der Zentrale der Gardewächter erfahren haben«, sagte er. »Man hat sie irgendwo versteckt. Gibt es eine Möglichkeit, Dirzed über eure Gesellschaft zu erreichen?«

Olirzon schüttelte den Kopf. »Wenn Sie recht haben — und das dürfte meiner Meinung nach der Fall sein —, hat er wahrscheinlich erst vor kurzem bei der Gesellschaft angerufen und mitgeteilt, daß er noch am Leben ist, und Lady Dallona auch. Daraufhin sind die Nachforschungen der Gesellschaft nach seinem Verbleib eingestellt worden.«

»Und ich muß Lady Dallona so bald wie möglich finden. Schön, wenn ich sie schon nicht erreichen kann, vielleicht kann ich sie dann wenigstens veranlassen, mir eine Nachricht zukommen zu lassen«, sagte Verkan Vall. »Das wäre dann doch wenigstens etwas.«

»Was haben Sie erfahren, Lord Virzal?« fragte Olirzon. Er polierte jetzt mit einem Stück weichem Leder die Klinge seines Dolches.

»Die Leute vom Reinkarnations-Forschungsinstitut wissen nichts«, antwortete Verkan Vall. »Dr. Harnosh von Hosh glaubt, sie sei entleibt. Ich habe lediglich herausgefunden, daß die Experimente, die sie durchgeführt hat, schon jetzt die Theorie der Statistikalisten über die Reinkarnation entwertet haben, während jetzt die Theorie der Volitionalisten fest etabliert ist.«

»Du wirst es nicht glauben, Olirzon«, meinte Marnik. »Man hat den Bericht über den Fall eines Mannes, der sich in mehreren Reinkarnationen vom einfachen Landarbeiter zum Millionär hochgearbeitet hat. Das ist doch was!« Er fuhr fort, zu berichten, was Harnosh von Hosh gesagt hatte. Er mußte ein beinahe eidetisches Gedächtnis besitzen, denn er wiederholte die Rede des bärtigen Professors wörtlich und gab auch die Gesten und den Tonfall genau wieder.

Olirzon grinste. »Weißt du was, das ist eine Gelegenheit für Leute, die schnell zu Geld kommen wollen«, sagte er. »›Auch Sie können als Millionär wiedergeboren werden! Lassen Sie sich von Dr. Nirzutz von Futzbutz helfen! Nur 49 990 Geldeinheiten für die geheime, unfehlbare autosuggestive Formel!‹ Wäre das nichts für dich? Und wie würde sich das verkaufen, was meinst du?« Er legte Schleifstein und Leder weg und steckte seinen Dolch in die Scheide. »Wäre ich nicht ein angesehener Gardewächter, ich würde es beinahe selbst mal versuchen wollen.«

Verkan Vall sah auf seine Uhr. »Es wäre wohl richtig, jetzt etwas zu essen«, sagte er. »Gehen wir in den Hauptspeiseraum hinunter. Ich glaube, man nennt ihn den Mars Saal. Mir ist eine Idee gekommen, wie wir Lady Dallona wissen lassen können, daß wir sie suchen.«

Der Mars Saal, fünfzehn Stockwerke weiter unten, war ein riesiger Raum, der etwa die Hälfte der Grundfläche eines der Ecktürme beanspruchte. Er war so hergerichtet, daß er einem der zu Ruinen zerfallenen Gebäuden glich, die die ursprüngliche und ausgestorbene Rasse der Marsmenschen errichtet hatten, die die Vorfahren der terrestrischen Menschen waren. Eine ganze Seite des Raumes zeigte in einem riesenhaften Bild die öde, von Gräben durchzogene Landschaft des Mars. Durch einen geschickten Beleuchtungseffekt wurde ein Tag vom Sonnenaufgang bis zum Sonnenuntergang auf dem alten Planeten auf die Zeit von zwei

Stunden verkürzt gezeigt.

Als sie eintraten, war es auf dem Marsbild bereits Mitternacht. Nachdem sie ihr Mittagessen beendet hatten, war auf dem Bild vom Mars die Nacht zu Ende und der erste Schimmer der Dämmerung färbte die fernen Berge. Sie blieben noch eine Weile sitzen und sahen zu, wie das Licht stärker wurde, dann standen sie auf und wollten gehen.

An einem Tisch neben dem ihren saßen fünf Männer. Sie waren hereingekommen, als auf dem Bild die Sterne zu verblassen begannen. Zwei waren Gardewächter, die drei anderen Angehörige einer Brut von Menschen, die Verkan Vall auf allen Zeitebenen sofort erkannte — die arroganten, geckenhaften, ehrgeizigen und charakterlosen Politiker, die immer und überall wissen, was für jeden das Beste ist, es besser wissen als der Betreffende selbst. Die immer davon überzeugt sind, unfehlbar recht zu haben und daß jeder, der nicht mit ihnen übereinstimmt, nicht nur ein Dummkopf, sondern auch ein bestechlicher Schurke ist. Der eine war ein untersetzter Mann, in eine mit Goldtressen besetzte cremefarbenen Tunika gekleidet. Seine Lippen waren dick, sein Lachen zu laut. Einer war ein ziemlich dämlich dreinsehender junger Mann, der sehr ernst redete und dabei die Augen nach oben verdrehte, als hätte er eine himmlische Eingebung oder erwarte eine solche. Der dritte hatte einen schwachen Schimmer von Grau in seinem schwarzen Haar, der bei den Akor-Neb-Leuten das beinahe einzige Zeichen fortgeschrittenen Alters war.

»Natürlich ist es so. Das ganze Ding ist ein glatter Betrug«, sagte der junge Mann mit dem dämlichen Gesichtsausdruck aufgebracht. »Aber wir können es nicht beweisen.«

»Aber was denn! Dieser Sirzob hier kann alles beweisen, wenn man ihm nur genügend Zeit dazu gibt«, lachte der Untersetzte. »Der Jammer ist nur, daß wir nicht viel Zeit haben. Wir wissen, daß die Botschaft des Entleibten eine Fälschung war, von den Volitionalisten vorbereitet, und zwar mit diesem Dr. Harnosh und Dallona von Hadron als ihre Werkzeuge. Sie gaben den ganzen Unsinn auf hypnotischem Weg einem idiotischen Jungen in sein armes Gehirn ein — vorher natürlich — und er tippte dann auf ein Signal hin diese Mitteilungen in die Maschine. Und dann, ganz klar, rannten Dallona und ihr Gardewächter davon, irgendwohin in ein Versteck, so daß man uns den Vorwurf der Entleibung machte und sie nicht gezwungen werden konnten, die Sache mit einem Lügendetektor untersuchen zu lassen.«

Ein Leuchten trat plötzlich in Verkan Valls Augen. Er faßte jeden der beiden Wächter am Arm.

»Marnik, decken Sie mir den Rücken«, befahl er. »Olirzon, Sie behalten die Männer am Tisch im Auge. Los jetzt!«

Dann ging er zu dem Tisch, wo er zwischen dem jungen und dem Mann mit den grauen Haaren stehenblieb. Er starrte den untersetzten Mann in der hellen Tunika an.

»Sie!« brüllte er ihn an. »Ich meine SIE!«

Der Untersetzte hörte zu lachen auf und starrte seinerseits Verkan Vall in die Augen. Dann sprang er auf. Seine Hand, die in Richtung auf seine rechte Achsel hochgezuckt war, hielt in der Bewegung inne und sank wieder herunter, als Olirzon mit seiner Pistole auf ihn zielte. Alle anderen standen bewegungslos da.

»Sie«, fuhr Verkan Vall fort, »Sie sind ein vollendeter, bewußter, gehässiger und rücksichtsloser Lügner. Lady Dallona ist eine untadelige Wissenschaftlerin, völlig außerstande, ihre experimentelle Arbeit zu verfälschen. Was hier aber noch schwerer wiegt, ist die Tatsache, daß ihr Vater einer meiner besten Freunde ist. In seinem und ihrem Namen verlange ich einen vollen Widerruf dieser niederträchtigen Verleumdung, die Sie eben begangen haben.«

»Wissen Sie denn überhaupt, wer ich bin?« schrie der untersetzte Mann.

»Ich weiß, *was* Sie sind«, brüllte Verkan Vall. Wie die meisten alten Sprachen enthielt auch die von Akor-Neb einen ausgefeilten, fein unterscheidenden und gemeinen Schatz von Injurien. Verkan Vall wählte sie genau und mit Bedacht aus. »Und wenn ich mich mit Worten nicht deutlich genug ausgedrückt haben sollte, so werden wir uns aufs Gegenständliche begeben«, fügte er hinzu, schnappte sich eine Suppenschüssel, die vor dem jungen Mann stand, und warf sie über den Tisch.

Die Suppe war dunkelbraun, beinahe schwarz. Sie enthielt kleine Stücke von Fleisch und Pilzen und Scheiben von hartgekochten Eiern. Sie hinterließ auf der hellen Tunika des untersetzten Mannes einen spektakulären Effekt.

Einen Augenblick lang hatte Verkan Vall Angst, der Bursche würde einen Schlaganfall bekommen. Es gelang ihm jedoch, sich zu beherrschen, er brachte sogar eine krampfhafte Verbeugung zustande. »Marnark von Bashad«, stellte er sich vor. »Wann und wo dürfen meine Freunde die Ihren konsultieren?«

»Lord Virzal von Verkan«, erwiderte der Parazeit-Agent. »Ihre Freunde können hier und jetzt mit meinen verhandeln. Ich werde von diesen beiden Gentlemen-Gardewächtern vertreten.«

»Ich möchte meinen Freunden nicht zumuten, mit diesen zu

verhandeln«, erwiderte Marnark. »Ich bestehe darauf, daß Sie von Personen vertreten werden, die Ihrer und meiner Stellung entsprechen.«

»Ach wirklich?« mischte sich Olirzon ein. »Nun, gilt Ihre Ablehnung mir persönlich oder den Gardewächtern als Klasse? Im ersten Fall werde ich nicht vergessen, eine private Angelegenheit daraus zu machen, sobald ich meinen derzeitigen Auftrag erledigt habe. Sollte jedoch das letztere der Fall sein, so werde ich Sie meiner Vereinigung melden. Wir werden dann ja sehen, was Klarnood, unser General-Präsident, darüber denkt, was er von Ihren Ansichten hält.«

Inzwischen hatte sich eine Menge von Leuten um den Tisch gedrängt. Einige davon trugen Abendkleidung, andere waren Gardewächter, entweder im Dienst des Hotels oder zur Zeit nicht beschäftigt.

»Sie brauchen nicht lange nach ihm zu suchen«, sagte einer der letzteren und drängte sich durch die Menge an den Tisch. Er war ein Mann mittleren Alters und neigte zur Beleibtheit. Verkan Vall mußte an Tortha Karf denken. Das rote Oval auf seiner Brust war mit einer roten Litze eingefaßt, anstatt schwarzer Flügel und einer Granate in Silberstickerei, trug er silberne Schwingen und einen goldenen Dolch als Abzeichen seines Ranges. Er verbeugte sich geringschätzig vor Marnark von Bashad.

»Klarnood, General-Präsident der Vereinigung der Gardewächter«, stellte er sich vor. »Marnark von Bashad, habe ich Sie richtig verstanden, daß Sie Mitglieder der Vereinigung für unwürdig ansehen, einen Ehrenhandel mit Ihren Freunden zu besprechen, im Namen dieses Edelmannes, der höflich genug gewesen ist, Ihre Herausforderung anzunehmen?«

Marnark von Bashads Arroganz erlitt einen beträchtlichen Verlust an Rückhalt. Sein Ton wurde beinahe unterwürfig.

»Keineswegs, ehrenwerter Präsident der Gardewächter, keineswegs«, protestierte er. »Aber da ich diese Gentlemen hier bitten wollte, mich zu vertreten, dachte ich, es würde passender sein, wenn der andere Gentleman sich von persönlichen Freunden vertreten ließe, so wie ich. Auf die Art —«

»Tut mir leid, Marnark«, sagte der grauhaarige Mann am Tisch, »ich habe selbst mit Lord Virzal einen Streit.« Er stand auf und verbeugte sich. »Sirzob von Abo. Da Edler von Bashad Gast an meinem Tisch ist, ist ein Affront gegen ihn auch ein Affront gegen mich. In meiner Eigenschaft als Gastgeber muß ich von Ihnen, Lord Virzal, Satisfaktion verlangen.«

»Sehr erfreut, Edler von Abo«, antwortete Verkan Vall. Die Sache wurde mit jedem Augenblick besser. »Natürlich erfreut sich Ihr Freund, Edler von Bashad, der Priorität der Herausforderung. Ich werde mich um Sie bemühen, sobald ich, sagen wir mal, ihn zufriedengestellt habe.«

Der ernst und beinahe konsterniert dreinblickende junge Mann erhob sich jetzt auch und verbeugte sich vor Verkan Vall.

»Yirzol von Narva. Auch ich habe einen Streit mit Ihnen, Lord Virzal. Es ist mir unerträglich, mir meine Suppe vor meinen Augen wegnehmen zu lassen, wie Sie das eben getan haben. Also verlange auch ich Satisfaktion.«

»Und mit vollem Recht, Edler von Narva«, stimmte Verkan Vall zu. »Wirklich schade um die köstliche Suppe«, sagte er voller Ironie und betrachtete die Vorderseite von Marnarks Tunika. »Meine Sekundanten werden sofort mit Ihren verhandeln. Ihre Satisfaktion muß natürlich nach der des Edlen von Abo erfolgen.«

»Wenn ich stören darf«, warf Klarnood ruhig ein, »so möchte ich vorschlagen, daß Lord Virzal von seinen beiden Gardewächtern vertreten wird, Ihre können gleichzeitig Sie alle drei vertreten. Ich bin gern bereit, meine Dienste als Unparteiischer anzubieten.«

Verkan Vall drehte sich zu ihm um und verbeugte sich vor ihm wie vor einem König. »Eine Ehre, Präsident der Gardewächter. Ich bin sicher, daß niemand in dieser Sache zufriedenstellender zu handeln in der Lage wäre.«

»Also dann: Wann würde es am passendsten sein, die Einzelheiten zu arrangieren?« fragte Klarnood. »Ich stehe Ihnen völlig zur Verfügung, meine Herren.«

»In diesem Falle gleich hier und jetzt, wo wir doch schon alle beisammen sind«, antwortete Verkan Vall.

»Dagegen erhebe ich Widerspruch«, schrie Marnark von Bashad. »Hier können wir keine Vereinbarungen treffen. Denn diese Hotelleute, vom Hoteldirektor herunter bis zum jüngsten Pagen, sind doch nur Vermittler für die Nachrichtenmedien!«

»Nun, und was soll daran schlecht oder unrecht sein?« fragte Verkan Vall. »Sie haben schließlich auch Lady Dallona in ihrem Beisein verleumdet, sie konnten es alle hören.«

»Lord Virzal von Verkans Standpunkt ist korrekt«, stellte Klarnood fest. »Und die Vorwürfe, aufgrund derer Sie ihn herausgefordert haben, sind ebenfalls in aller Öffentlichkeit erhoben worden. Wir werden die Vereinbarungen auf jeden Fall sofort treffen.« Er wandte sich Verkan Vall zu. »Als die herausgeforderte Partei haben Sie die Wahl der Waffen. Ihre Gegner werden dann die Bedingungen zu nennen haben, unter denen sie anzuwenden sind.«

Marnark von Bashad stieß einen neuen Wutschrei aus. Der Angriff Lord Virzals auf ihn sei offensichtlich provokativ erfolgt und damit einer Herausforderung gleichbedeutend. Deshalb hätte er selbst das Recht, die Waffen zu bestimmen. Klarnood unterstützte ihn.

»Stellen die übrigen Gentlemen den gleichen Anspruch?« wollte Verkan Vall wissen.

»Wenn sie es tun, muß ich folgendermaßen korrigieren«, antwortete Klarnood. »Sie haben vorsätzlich den Edlen von Bashad herausgefordert, aber die Tatsache, ihn am Tisch der Edlen von Abo und Narva provoziert zu haben, geschah nicht in der Absicht, diese zu provozieren. Diese Gentlemen haben zwar das Recht zur Herausforderung, nicht jedoch, sich als provoziert zu betrachten.«

»Gut, dann wähle ich Messer«, beeilte Marnark sich zu sagen.

Verkan Vall lächelte maliziös. Er hatte den Umgang mit Messern von den größten Meistern dieser Kunst aller Zeiten gelernt, den Piraten der Karibischen Inseln auf der dritten Ebene.

»Und wir kämpfen barfuß und nackt bis zur Hüfte und ohne irgendeine Abwehrwaffe in der anderen Hand«, legte Verkan Vall als Bedingung fest.

Der untersetzte Marnark leckte sich im Vorgeschmack des Sieges die Lippen. Er war etwa vierzig Pfund schwerer als Verkan Vall. Er sah einen leicht zu erringenden Sieg vor sich. Verkan Valls eigenes Vertrauen stieg bei diesen Zeichen der Selbsteinschätzung seines Gegners.

»Und was die Edlen von Abo und Narva angeht, wähle ich Pistolen«, fügte er hinzu, denn in diesen Fällen stand ihm die Wahl der Waffen frei.

Sirzob und Yirzol führten eine kurze Besprechung. Sie flüsterten in hastigen Worten.

»Als Sprecher sowohl für den Edlen von Narva als auch für mich verlangen wir, daß die Entfernung zwanzig Meter betragen soll, daß die Pistolenmagazine voll geladen sein müssen und daß nach dem Kommando nach Belieben geschossen werden darf«, sagte Sirzob.

»Zwanzig Schuß, Feuern nach Belieben und auf zwanzig Meter!« rief Olirzon. »Sie halten unseren Dienstherrn wohl für einen ebenso schlechten Schützen wie Sie das sind!«

Die vier Gardewächter traten beiseite und hielten eine lange

Diskussion über etwas, wobei ziemlich heftig verhandelt und gestikuliert wurde. Klarnood, der Verkan Valls Ungeduld beobachtete, beugte sich zu ihm und flüsterte:

»Das ist außerordentlich ungewöhnlich. Wir müssen Unkenntnis vortäuschen und geduldig sein. Sie schließen Wetten über den Ausgang ab. Sie müssen Ihr Bestes tun, Lord Virzal. Sie dürfen nicht zulassen, daß Ihre Leibwächter ihr Geld verlieren.«

Er sagte das ganz ernsthaft, als ob der Ausgang in anderer Beziehung ganz gleichgültig sei.

Marnark wünschte Zeit und Ort zu besprechen. Er schlug vor, daß alle drei Duelle in der Morgendämmerung ausgefochten werden sollten und zwar auf der vierten Landebühne des Zentralkrankenhauses in Darsh. Das war dem Entbindungsheim am nächsten gelegen, und die Statistiken bewiesen, daß die meisten Geburten kurz vor dieser Zeit erfolgten.

»Auf keinen Fall«, widersprach Verkan Vall. »Wir werden hier und jetzt kämpfen. Ich denke nicht daran, ein paar hundert Meilen zurückzulegen, um mich mit Ihnen zu einer solch unheiligen Stunde zu treffen. Wir werden hier im nächsten Flur kämpfen, der eine Schußentfernung von zwanzig Metern möglich macht.«

Marnark, Sirzob und Yirzol schrien in gemeinsamem Protest. Verkan Vall schrie sie nieder, indem er seine auf hypnotischem Weg erworbenen Kenntnisse über die Duellsitten hervorholte.

»Der Kodex bestimmt ausdrücklich, daß die Satisfaktion sobald als möglich gegeben werden muß, und ich bestehe auf buchstäblicher Auslegung. Ich werde weder mir, noch dem Präsidenten der Gardewächter, noch diesen vier Gentlemen-Gardewächtern eine so unangenehm frühe Stunde zumuten, nur um den Aberglauben der Statistikalisten mitzumachen.«

Der Hoteldirektor, durch die Unruhe im Mars Saal herbeigelockt, bot einen Flur zur Austragung an, der die Küchen mit den Kühlräumen verband. Er war fünfzig Meter lang und etwa fünf breit, gut beleuchtet und schallgedämmt. Außerdem hatte er eine große Nische, in der die Sekundanten während des Schußwechsels stehen konnten.

Man ging geschlossen dorthin. Klarnood nahm unterwegs noch einige Hotelbedienstete mit. Verkan Vall machte sich bis zur Hüfte frei, zog seine Stiefel aus und prüfte Olirzons Messer. Die Klinge von zwanzig Zentimetern Länge war bis zur Spitze zweischneidig, der Griff war mit schwarzem Samt überzogen, um ein sicheres Halten zu gewährleisten. Auch der Golddraht, mit dem er umwunden war, diente diesem Zweck. Er nickte anerkennend, faßte das Messer und ging Marnark von Bashad entgegen.

Wie er erwartet hatte, legte es der stämmige Politiker darauf an, mit Hilfe seines größeren Gewichts seinen Gegner zu überrumpeln. Er ging zur Seite gewandt vorwärts, den linken Arm ausgestreckt und die linke Schulter nach vorn, die rechte Hand mit dem Messer in die rechte Hüfte gestützt. Verkan Vall nickte mit Genugtuung. Er durchschaute die Taktik seines Gegners!

Dann stutzte er. Seltsam, wie der andere das Messer hielt, den kleinen Finger am Handschutz und den Daumen am Heftende!

Verkan Vall ging schnell auf ihn zu, machte mit der Linken einen Scheinangriff auf die Messerhand seines Gegners und trat dann einen raschen Schritt nach rechts. Als Marnarks linke Hand nach seinem rechten Handgelenk zu fassen versuchte, fuhr ihm Valls Linke entgegen und schloß sich um den linken Daumen Marnarks zur Faust. Er drückte seine Faust kurz nach unten und brachte damit Marnark aus dem Gleichgewicht.

Vor Überraschung stolperte Marnark, sein Messer schwang weit von Valls Körper entfernt durch die Luft. Da Marnark nach vorn stolperte, drehte sich Verkan Vall auf der linken Ferse nach links, stieß sein Messer in Marnarks Genick und drehte es etwas, als er es herauszog. Gleichzeitig ließ er den Daumen des Politikers los. Der Politiker fiel vornüber aufs Gesicht. Aus dem Genick spritzte Blut im Pulsschlag des sterbenden Herzens. Er zuckte noch ein wenig und lag dann unbeweglich am Boden.

Verkan Vall beugte sich hinunter, wischte sein Messer an der Tunika des Toten ab — ein vorgeschriebener Brauch bei den Khangapiraten — und gab es dann an Olirzon zurück.

»Ausgezeichnete Waffe, Olirzon«, sagte er. »Es liegt in meiner Hand, als wäre es für mich gemacht.«

»Sie haben es auch vortrefflich eingesetzt, Lord Virzal«, antwortete der Gardewächter. »Nur acht Sekunden vom Augenblick an, als Sie mit ihm zusammentrafen.«

Die Funktion der Hotelbediensteten, die Klarnood mitgebracht hatte, wurde nun klar: Sie kamen herbei, faßten Marnark an den Fersen und zogen ihn aus dem Weg. Die übrigen beobachteten diesen Vorgang mit gemischten Gefühlen. Die beiden anderen Duellanten standen unbeweglich und mit erstarrten Gesichtern da. Ihre beiden Gardewächter, die wahrscheinlich eine hohe Wette auf Marnarks Sieg abgeschlossen hatten, waren wütend. Und Klarnood sah Verkan Vall mit zunehmendem Respekt an. Verkan zog seine Stiefel an und vervollständigte seine Kleidung wieder.

Nun folgte ein Streit wegen der Pistolen. Schließlich wurde entschieden, daß jeder Duellant seine eigene Schulterhalfterwaffe benützen sollte. Sie waren alle drei ziemlich gleichartig — kleine Waffen, jedoch gefährlicher, als sie aussahen. Sie verschossen ein zehn Grains wiegendes Geschoß mit dreitausend Metern pro Sekunde Anfangsgeschwindigkeit. Beim Auftreffen zerplatzte ein solches Geschoß fast völlig. Ein Mann, der an irgendeiner Stelle des Körpers getroffen wurde, war sofort tot. Durch die außerordentliche Auftreffwucht wurde das Nervensystem gelähmt und das Herz durch den Druck zum Stehen gebracht. Jede der Pistolen hatten zwanzig Patronen im Magazin.

Verkan Vall und Sirzob von Abo nahmen ihre Plätze ein, die Pistole in der nach unten hängenden Hand, und sahen sich über die abgemessenen zwanzig Meter hinweg an.

»Sind Sie bereit, Gentlemen?« fragte Klarnood. »Sie dürfen Ihre Waffen erst heben, wenn das Kommando zum Feuern kommt. Danach können Sie nach Belieben schießen. Fertig? Feuer!«

Beide Pistolen kamen hoch. Verkan Vall hatte sogleich Sirzobs Kopf in der Visierlinie und drückte ab. Die Pistole hatte einen ziemlich starken Rückstoß, der seine Hand etwas hochschlug. Er sah eine kleine lanzenförmige Flamme in der Mündung von Sirzobs Pistole aufblitzen. Beide Waffen bellten gleichzeitig, und unmittelbar nach dem doppelten Mündungsknall hörte Verkan Vall den peitschenden Geschoßknall, als das winzige Projektil an seinem Kopf vorbeiflog. Dann veränderte sich Sirzobs Gesicht zu einer Grimasse, und er fiel nach vorn. Verkan Vall sicherte seine Waffe und blieb bewegungslos stehen, während die Bediensteten aus der Nische hervorkamen, Sirzobs Leiche packten und neben die von Marnark schleiften.

»Und jetzt, Edler von Narva, Sie sind der nächste!« rief Verkan Vall.

»Lord Virzal hat einen Schuß abgegeben«, entgegnete einer der gegnerischen Sekundanten, »und der Edle von Narva hat ein volles Magazin. »Lord Virzal wird gebeten, ein volles Magazin einzusetzen.«

»Ich gestehe ihm den Vorteil einer zusätzlichen Patrone zu. Wir wollen weitermachen«, sagte Verkan Vall.

Yirzol von Narva ging auf seinen Platz. Er hatte keine Angst vor dem Tod — keiner der Akor-Neb-Menschen hatte sie. Ihre Sprache enthielt kein Wort für den Begriff des völligen Ausgelöschtseins — und die Entleibung durch einen Pistolenschuß war ja nahezu schmerzlos. Er war jedoch dabei, sich bei dem Verdacht zu ertappen, ein Narr gewesen zu sein, als er sich in diese Sache eingelassen hatte. Er hatte in seinem gegenwärtigen Leben Aufgaben zu vollenden, und seine Partei würde einen Verlust erleiden, sowohl den seiner Mitarbeit als auch an Ansehen.

»Sind Sie bereit, Gentleman?« erklang die Stimme Klarnoods, dem Ritual entsprechend. »Sie dürfen ihre Waffen erst heben, wenn das Kommando zum Feuern kommt. Danach können Sie nach Belieben schießen. Fertig? Feuer!«

Verkan Vall schoß Yirzol durch den Kopf, bevor dieser die Pistole halb angehoben hatte. Yirzol fiel nach vorn in die Blutlache, die Sirzob hinterlassen hatte. Wieder kamen die Bediensteten und zogen seine Leiche zu den beiden anderen hinüber. Verkan Vall wurde unwillkürlich an Fließbandarbeit in der Industrie erinnert. Er ersetzte die beiden verschossenen Patronen durch neue und steckte die Pistole in das Halfter zurück. Die beiden Gardewächter, deren Dienstherren so rasch hingerichtet worden waren, rechneten sofort ihren Wettverlust aus und bezahlten an die Gewinner.

Klarnood, der General-Präsident der Vereinigung der Gardewächter, kam zu Verkan Vall, schüttelte ihm die Hand und klopfte ihm auf die Schulter.

»Lord Virzal, ich habe eine ganze Anzahl von Duellen miterlebt, aber so etwas noch nie«, sagte er. »Sie hätten Gardewächter werden müssen!«

Das war ein außergewöhnliches Kompliment. Verkan Vall dankte ihm bescheiden.

»Ich würde Sie gern privat sprechen«, fuhr der Präsident fort. »Ich denke, es wird sich lohnen, wenn wir ein paar Worte miteinander wechseln.«

Verkan Vall nickte. »Meine Suite befindet sich im fünfzehnten Stock. Wäre es Ihnen dort recht?«

Er wartete, bis die Gewinner der Wetten ihr Geld kassiert hatten, dann ging er zu seinen beiden Gardewächtern.

Als sie aus dem Mars Saal traten, wartete der Direktor am Ausgang. Er sah aus, als wollte er verlangen, daß Verkan Vall seine Suite räumen solle. Als er jedoch den Arm des General-Präsidenten der Gardewächter freundschaftlich um die Schulter des Gastes gelegt sah, kam er mit einem Lächeln auf sie zu und verbeugte sich.

»Larnorm, ich wünsche, daß Sie fünf Ihrer besten Wächter anweisen, die Zugänge zu Lord Virzals Suite zu bewachen«, befahl ihm Klarnood. »Ich werde Ihnen aus der Zentrale fünf Ersatzleute schicken, die an Stelle der Abkommandierten den üblichen Dienst tun. Und ich mache Sie mit Ihrem Leben für die Sicherheit von Lord Virzal verantwortlich, hier in diesem Hotel. Haben Sie verstanden?«

»O ja, Euer Ehren, Herr Präsident. Sie können mir vertrauen. Lord Virzal wird absolut sicher sein.«

In Verkan Valls Suite zog Klarnood seine Pfeife heraus, füllte sie mit Tabak, der leicht mit Zerfa bestäubt war, und zündete sie an. Zu seiner Überraschung sah er, wie sein Gastgeber sich eine einfache Tabakzigarette ansteckte.

»Sie nehmen kein Zerfa?« fragte er.

»Sehr selten«, antwortete Verkan Vall. »Ich baue es an. Und wenn Sie die verkommenen Gestalten einmal gesehen hätten, die um unsere Trockenschuppen auf der Venus herumlungern, um Abfallblätter betteln und dann bis zur Verblödung rauchen und sich zugrunde richten, dann wären Sie ebenfalls sparsam im Gebrauch davon.«

Klarnood nickte. »Wissen Sie, die meisten Männer würden eine Pfeife mit fünfzig Prozent Zerfaanteil oder eine reine Zerfazigarette brauchen, wenn sie das durchgemacht hätten, was Sie in der letzten Stunde geschafft haben, davon bin ich überzeugt«, sagte er.

»Ich würde das brauchen, um mein Gewissen zu beruhigen, wenn ich eines zu beruhigen hätte, mein Lieber«, sagte Verkan Vall. »Eigentlich komme ich mir fast ein wenig wie ein Kindermörder vor. Dieser Marnark hielt sein Messer wie ein Rinderschlächter. Der junge Springer konnte mit einer Pistole überhaupt nicht umgehen. Nur der alte Knabe, Sirzob, war vermutlich ein guter Schütze, aber ihn zuerst zu erwischen, war auch keine große Heldentat.«

Klarnood sah ihn einen Augenblick lang neugierig an. »Wissen Sie«, sagte er schließlich, »ich glaube, Sie meinen das wirklich ernst. Nun, bis er gegen Sie antrat, wurde Marnark von Bashad als einer der besten Messerkämpfer von ganz Darsh angesehen. Sirzob hatte zehn Duellsiege errungen, der junge Yirzol vier.« Er zog langsam an seiner Pfeife. »Ich mag Sie, Lord Virzal. Es ist ein großartiger Gardewächter verlorengegangen, als Sie sich entschieden, als Pflanzer auf der Venus zu reinkarnieren. Es wäre mir schrecklich, Sie ohne ehrliche Warnung entleibt zu sehen. Ich nehme an, Sie sind mit den intriganten Verwicklungen der Politik auf Terra nicht vertraut.«

»Nur oberflächlich.«

»Nun, wissen Sie, wer diese drei Männer waren?« Als Verkan

Vall den Kopf schüttelte, fuhr Klarnood fort: »Marnark war der Sohn und die rechte Hand des alten Mirzark von Basha, dem Führer der Statistikalisten Partei. Sirzob von Abo war ihr Propagandaleiter. Und Yirzol von Narva war ihr führender sozio-ökonomischer Theoretiker und ihr Kandidat als Vorsitzender des Exekutivrats. In sechs Minuten haben Sie mit einem Messerstich und zwei Schüssen der Statistikalisten Partei einen Schaden zugefügt, der nicht geringer ist als der, den ihnen die junge Lady zugefügt hat, für deren Ehre Sie gekämpft haben. In zwei Wochen wird eine Wahl auf dem gesamten Planeten stattfinden. Nach dem gegenwärtigen Stand haben die Statistikalisten die Mehrheit der Sitze im Parlament und im Exekutivrat. Als Ergebnis Ihres Werkes und dem von Lady Dallona werden sie diese Majorität einbüßen und noch mehr als das, wenn die Stimmen ausgezählt sind.«

»Ist das ein weiterer Grund, weshalb Sie mich schätzen?« fragte Verkan Vall.

»Inoffiziell ja. Als General-Präsident der Vereinigung der Gardewächter muß ich unpolitisch sein. Die Vereinigung ist in dieser Sache eisern. Wenn wir als Organisation selbst in die Politik verwickelt werden, wären wir innerhalb von fünf Jahren in der Lage, die Regierung zu kontrollieren, aber in fünfzig Jahren wäre unsere Existenz von jenen Kräften ausgelöscht, die wir zu kontrollieren versuchten. Verstehen Sie?« fragte Klarnood. »Persönlich jedoch möchte ich die Statistikalisten Partei vernichtet wissen. Wenn sie mit ihrem Programm der Sozialisierung und des Sozialismus Erfolg haben, wäre unsere Vereinigung am Ende. Ein sozialistischer Staat wird in seiner letztlichen Entwicklung ein absoluter und totalitärer Staat werden, muß es werden. Kein totaler Staat kann jedoch außergesetzliche und regierungsähnliche Organisationen dulden. So haben wir uns angewöhnt, jenen Leuten hier und da ein wenig und unverdächtig zu helfen, die den Statistikalisten gefährlich werden. Lady Dallona von Hadron und Dr. Harnosh von Hosh sind solche Personen. Sie scheinen eine weitere zu sein. Das ist der Grund, weshalb ich diesem Burschen, diesem Larnorm, den Befehl gegeben habe, dafür zu sorgen, daß Sie in diesem Hotel sicher sind.«

»Wo ist Lady Dallona von Hadron?« fragte Verkan Vall. »Nachdem Sie eben im Präsens von ihr sprachen, nehme ich an, Sie sind der Meinung, daß sie noch am Leben ist.«

Klarnood sah Verkan Vall scharf an. »Das ist eine ziemlich direkte Frage, Lord Virzal«, sagte er. »Ich wünschte, ich wüßte ein wenig mehr über Sie. Als Sie und Ihre Wächter mit den Nachforschungen über Lady Dallonas Verbleib begannen, versuchte ich Sie zu überprüfen. Ich fand heraus, daß sie in einem Schiff der Familie Zorda von Ghamma nach Darsh gekommen sind, von Brarnend von Zorda persönlich begleitet. Und das ist auch schon alles, was ich herausfinden konnte. Sie erklären, ein Pflanzer von der Venus zu sein, und das wäre möglich. Jeder Terraner, der so mit Waffen umgehen kann wie Sie, wäre mir längst gemeldet worden. Aber im übrigen war über Sie so wenig zu erfahren, als kämen sie aus einer anderen Dimension.«

Das kam der Wahrheit unangenehm nahe. Tatsächlich war es sogar die Wahrheit. Verkan Vall lachte.

»Nun gut«, sagte er. »Vertrauen gegen Vertrauen. Ich komme vom Arcturus-System. Ich bin Lady Dallona von unserem Heimatplaneten hierher gefolgt. Und sobald ich sie vor Bewohnern Ihres Planetensystems, beziehungsweise einigen unerfreulichen Bewohnern dieses Systems, gerettet habe, werde ich unseren Gebräuchen entsprechend ihre Hand zur Ehe erhalten. Da sie die Tochter des Kaisers von Arcturus ist, wäre das für mich sehr erfreulich.«

Klarnood lachte. »Wissen Sie, Sie werden mir das schon drei- oder viermal erzählen müssen, bis ich anfange, es zu begreifen«, sagte er. »Aber Dr. Harnosh von Hosh wird es auf Anhieb verstehen. Er redet im übrigen immer mit sich selbst, seit Lady Dallona mit ihren Experimenten begonnen hat. Lord Virzal, ich will Ihnen eine Chance geben. Lady Dallona ist noch am Leben, oder war es zumindest vor vier Tagen noch. Sie und Dirzed sind nach dem Festmahl anläßlich der Entleibung von Garnon von Roxor in ein Versteck gegangen, um den Feindseligkeiten der Statistikalisten zu entgehen. Zwei Tage nachdem sie verschwanden, rief Dirzed die Zentrale der Vereinigung an und meldete uns das, hat uns aber sonst nichts gesagt. Ich vermute, daß ich in drei oder vier Tagen wieder mit ihm Kontakt herstellen kann. Wir möchten die Öffentlichkeit in dem Glauben lassen, daß die Statistikalisten Lady Dallona verschleppt haben, zumindest bis die Wahl vorüber ist.«

Verkan Vall nickte. »Ich war mir ziemlich sicher, daß dies so sein würde«, sagte er. »Es ist auch möglich, daß Lady Dallona mit mir Verbindung aufnehmen wird. Wenn nicht, so benötige ich Ihre Hilfe, um sie zu erreichen.«

»Weshalb glauben Sie, daß Lady Dallona versuchen wird, Sie zu erreichen?«

»Sie braucht alle Hilfe, die sie nur bekommen kann. Sie weiß, daß ich ihr sehr nützlich sein kann. Was glauben Sie, warum ich meine Nachforschungen nach ihr unterbrochen und meine körperliche Existenz riskiert habe? Wegen einem Wortgeplänkel oder wegen politischer Propaganda?« Verkan Vall ging zum Nachrichtenfernseher und schaltete ihn ein. »Wir wollen mal sehen, ob mein Handeln schon Resultate zeigt.«

Der Schirm wurde hell, und ein gutaussehender junger Mann im goldbestickten Anzug sagte:

». . . wo er von Gardewächtern schwer bewacht wird. In einem Exklusivinterview mit Angehörigen der Vereinigung, besonders mit Gardewächter Hirzif, einem der beiden Sekundanten der Männer, die Lord Virzal besiegte, sagte dieser, daß alle drei so unterlegen gewesen wären, daß sie keine Chance gehabt hätten. Er hätte bereits ein Angebot von tausend Geldeinheiten abgelehnt, Lord Virzal zu entleiben, das ihm die Statistikalisten gemacht haben. ›Wenn ich mich zu entleiben wünsche‹, sagte der Gardewächter Hirzif wörtlich, ›dann möchte ich meine Freunde einladen und es auf anständige Weise tun. Solange ich aber noch leben will, werde ich nicht für zehn Millionen gegen Lord Virzal antreten.‹ Soweit das Interview.«

Verkan Vall schaltete den Bildschirm aus. »Verstehen Sie jetzt, was ich meine?« fragte er. »Ich habe diese Politiker nur deshalb herausgefordert, um ins Gerede zu kommen. Wenn Dallona und Dirzed irgendwo in der Nähe eines Bildschirms sind, werden Sie wissen, wie sie mich erreichen können.«

»Hirzif hätte über die Ablehnung des Honorars nicht sprechen dürfen«, sagte Klarnood mit gerunzelter Stirn. »Das ist keine gute Dienstauffassung. Aber im übrigen, Lord Virzal, war das klug geplant. Ich würde es gern sehen, daß Sie Lady Dallona aus Darsh herausbekommen, und noch lieber, wenn Sie sie von Terra wegbrächten, und zwar so bald Sie können. Wir haben bis jetzt dem Lauf der Dinge unseren Segen gegeben, aber wir möchten nicht, daß es so weitergeht. Es könnte sich aus dieser Situation ein richtiger Bürgerkrieg entwickeln, und das möchte ich auf keinen Fall. Rufen Sie mich an, wenn Sie Hilfe benötigen. Ich werde Ihnen ein Kodewort geben; das nennen Sie bei einem Anruf in der Zentrale.«

Ein richtiger Bürgerkrieg entwickelte sich schon, als Klarnood noch sprach. Am Vormittag des nächsten Tages waren die Kämpfe, die zum Teil von der Polizei unterbunden worden waren, wieder aufgeflackert. Die vom Solar Hotel angestellten Gardewächter — während der Nacht nochmals verstärkt —, hatten auf der Landebühne von Verkan Valls Suite ein regelrechtes Gefecht geführt gegen Partisanen der Statistikalisten Partei. Jetzt patrouillierten mehrere Flugboote der Polizei um das Gebäude. Es schien zu den Regeln des polizeilichen Vorgehens zu gehören, daß einzelne Persönlichkeiten ein unbestreitbares Recht dazu hatten, ihre Differenzen untereinander auszutragen, jedes Gefecht jedoch, bei dem Unbeteiligte verletzt werden konnten, nicht geduldet wurde.

Wie erfolgreich die Polizei in der Durchsetzung dieser Regel war, ließ einige Zweifel offen. Seit er am Morgen aufgestanden war, hatte Verkan Vall das Knallen von leichten Waffen und das Rattern von Maschinengewehren in anderen Teilen der Turmstadt gehört.

Es hatte seit fünfhundert Jahren im Akor-Neb-Sektor keinen Bürgerkrieg mehr gegeben, das wußte er. Aber dann war Hadron Dalla, Doktorin der Physik und außergewöhnlich erfolgreicher internationaler Ärgerniserreger, nunmehr vor einem knappen Jahr in diesen Sektor gekommen. Wenn über irgend etwas, dann war er darüber erstaunt, daß es so lange gedauert hatte, bis sich die Explosion ereignete.

Einer der Diener, die ihm von der Hoteldirektion zugeteilt worden waren, kam zu ihm in den Salon und hielt ein etwa zehn mal zehn Zentimeter großes Plastikstück in der Hand.

»Lord Virzal, im Flur ist ein maskierter Gardewächter, der mir das mit den Worten ›Wächters Waffenruhe‹ übergeben hat«, sagte er.

Verkan Vall nahm den Gegenstand und öffnete ihn — er war einem Briefumschlag ähnlich — an drei der vier Ecken. Als er die Teile auseinanderfaltete, fand er darin eine in der Schrift und der Sprache der ersten Ebene geschriebene Nachricht:

»Vall, mein Liebling!

Ich freue mich, daß du hier bist. Dieses Mal stecke ich wirklich mitten drin, aber es geht mir gut! Der Wächter Dirzed, der dies bringt, steht in meinem Dienst. Du kannst ihm unbesorgt trauen. Er ist ungefähr die einzige Person in Darsh, der du trauen kannst. Er wird dich dorthin bringen, wo ich bin.

Dalla

P. S. Ich hoffe, du bist mir wegen dieses Musikers nicht mehr böse. Ich habe dir damals gesagt, daß er mir nur bei einem telepathischen Experiment hilft. D.«

Verkan lächelte. Das war vor zwanzig Jahren gewesen, als er achtzig und sie siebzig gewesen war. Er vermutete, daß sie von ihm erwartete, daß er die alten Beziehungen zu ihr wieder aufnehmen würde. Es würde wahrscheinlich nicht länger gutgehen als das letzte Mal. Er rief sich ein Sprichwort der vierten Ebene ins Gedächtnis, über den Leoparden und seine Flecken und auch das von der Katze, die das Mausen nicht läßt. Aber langweilig würde es trotzdem nicht werden.

»Bitten Sie den Wächter herein«, wies er den Diener an, dann warf er die Nachricht auf den Tisch. Außer ihm konnte sie in Darsh niemand lesen. Wenn, wie er als höchst wahrscheinlich annahm, die Statistikalisten Spione unter den Angestellten des Hotels hatten, würde dieser Brief einen Dechiffrierungsfachmann zur Raserei bringen.

Der Gardewächter trat ein. Er nahm die einer Mönchskapuze ähnliche Maske ab. Es war der Mann, dessen Arm Dalla auf dem Bildschirm gehalten hatte. Verkan Vall erkannte sogar den außergewöhnlich verzierten Dolch und die Pistole an seinem Gürtel. »Dirzed, der Gardewächter«, stellte sich der Mann vor. »Wenn Sie es wünschen, können wir über Bildtelefon die Zentrale anrufen, um meine Identität festzustellen.«

»Lord Virzal von Verkan. Und das sind meine Wächter Marnik und Olirzon.« Sie schüttelten sich die Hände und klopften sich auf die Schultern. »Das wird nicht nötig sein«, erklärte Verkan Vall. »Ich kenne Sie, da Sie mit Lady Dallona auf dem Bildschirm gezeigt wurden. Sie sind Dirzed, der treue Gardewächter.«

Dirzeds Gesicht, das normalerweise die Farbe eines schönen, dunkelbraunen Gewehrschafts hatte, wurde beinahe schwarz vor Freude.

»Und das ist der Grund, weshalb ich diese alberne Kapuze tragen muß«, sagte er und zeigte auf seine Maske. »Lady Dallona und ich können unsere Gesichter nirgends sehen lassen. Wenn wir das täten, würde uns jeder Statistikalist sofort erkennen. Und fünf Minuten später müßten wir uns gegen eine ganze Armee von ihnen wehren.«

»Wo ist Lady Dallona jetzt?«

»Im Versteck, Lord Virzal, in einer privaten Wohnkuppel im Wald. Sie ist sehr neugierig darauf, Sie zu sehen. Ich soll Sie zu ihr bringen, und ich würde empfehlen, daß Sie Ihre Gardewächter mitnehmen. Es gibt in dieser Kuppel noch andere Leute, und die sind recht abweisend gegenüber Lady Dallona. Ich habe keinen Grund, sie heimlicher Feindschaft gegen sie zu verdächtigen, aber ihre Freundschaft ist ausschließlich auf politischer Zweckmäßigkeit begründet.«

»Und politische Zweckmäßigkeit kann sich ändern, ohne daß man es merkt«, ergänzte Verkan Vall. »Haben Sie ein Flugboot?«

»Auf der Landebühne. Gehen wir jetzt gleich, Lord Virzal?«

»Ja.« Verkan Vall machte mit beiden Händen eine Bewegung, als ergreife er eine Maschinenpistole. Seine Leibwächter nickten, gingen in ein anderes Zimmer und trugen, als sie zurückkehrten, leichte automatische Waffen in ihren Händen. Um ihre Schultern hatten sie Tragetaschen für Ersatzmagazine gehängt. »Darf ich vorschlagen, daß einer meiner Wächter das Flugboot steuert? Ich möchte gern mit Ihnen hinten sitzen, damit Sie mir während des Fluges die Lage erklären können.«

Dirzeds Zähne blitzten weiß aus der braunen Haut, als er Verkan Vall kurz zulächelte.

»Auf jeden Fall, Lord Virzal.«

Zwei Hotelwächter bewachten Dirzeds Flugboot auf der Landebühne. Marnik kletterte hinter die Steuerung und die Kontrollgeräte, Olirzon setzte sich neben ihn. Verkan Vall und Dirzed ließen sich auf den hinteren Sitzen nieder. Dirzed gab Marnik das Planquadrat und den genauen Landeplatz an.

»Und nun, was ist das für ein Ort, an den wir fliegen?« fragte Verkan Vall. »Und wer ist dort, dem wir trauen dürfen, und wem nicht?«

»Also, es ist ein Kuppelhaus, ein Jagdhaus, das der Familie Starpha gehört. Sie besitzt auch das Grundstück im Umkreis von fünf Meilen darum herum. Es ist ein Eichen- und Buchenwald mit Hirschen und Wildschweinen. Prinz Jirzyn von Starpha, Lord Girzon von Roxor und ein paar andere Spitzenleute der Volitionalisten wissen, daß sich Lady Dallona dort verbirgt. Sie halten sie bis nach der Wahl versteckt, hauptsächlich aus Propagandagründen. Wir sind unmittelbar nach der Entleibung von Lord Garnon dorthin gegangen.«

»Was ist nach dem Festmahl passiert?« wollte Verkan Vall wissen.

»Nun, Sie wissen doch, daß Lady Dallona und Dr. Harnosh von Hosh dieses telepathische Medium hingebracht hatten. Sie hatten es in Trance versetzt und mit Drogen aus einem Derivat der Zerfapflanze behandelt, das Lady Dallona entwickelt hatte. Ich war Lord Garnons Gardewächter. Ich entleibte ihn persönlich. Aber ich hatte meine Pistole noch nicht einmal weggesteckt, als er schon Kontrolle über dieses Medium hatte. Das war in einem Zimmer fünf Stockwerke hoch über dem Bankettsaal. Er begann sofort mit den Mitteilungen. Wir hatten Bildschirme, auf denen wir beobachten konnten, was vorging.

Nirzav von Shonna, einer der Führer der Statistikalisten, der trotz seiner politischen Einstellung ein persönlicher Freund von Lord Garnon war, sagte sich von den Statistikalisten los und ging zu den Volitionalisten über, alles infolge des überzeugenden Experiments. Prinz Jirzyn und Lord Girzon, das neue Familienoberhaupt der Roxors, waren der Ansicht, daß es innerhalb der nächsten Tage zu Unruhen kommen würde und für uns Schwierigkeiten zu erwarten seien. Also rieten sie Lady Dallona, zu ihrer Sicherheit in diese Jagdhütte zu fliehen. Sie und ich reisten in ihrem Flugboot direkt dorthin. Und das war gut so. Wären wir erst in ihre Wohnung gegangen, hätte sich das tödliche Gas noch nicht verflüchtigt gehabt.

Es gibt dort vier Gardewächter der Familie von Starpha, sechs männliche Bedienstete und einen Oberbediensteten mit Namen Tarnod, der Jagdhüter. Ich habe einen der Starpha-Gardewächter bei Lady Dallona zu ihrem persönlichen Schutz zurückgelassen, als ich zu Ihnen kam. Er hat mir seinen brüderlichen Eid geschworen, sie in meinem Namen zu beschützen, bis ich zurückkomme.«

Das Flugboot raste dicht über den Wipfeln der Bäume dahin, in Richtung auf den nördlichen Teil der Stadt.

»Was ist über diese Paketbombe bekannt?« fragte Verkan Vall. »Wer hat sie geschickt?«

Dirzed zuckte mit den Schultern. »Die Statistikalisten natürlich. Der Aufkleber war aus dem Forschungsinstitut gestohlen. Das ist alles. Die Polizei arbeitet noch daran.«

Die Kuppel, ungefähr fünfzig Meter im Durchmesser und fünfzehn hoch, stand zwischen den Bäumen. Aus einiger Entfernung war sie beinahe unsichtbar. Die Kuppel war aus grünem und grauem Beton gefertigt, die Bäume wuchsen so dicht neben ihr, daß ihre Zweige sie beinahe verdeckten. Der kleine Pavillon auf dem flachen Oberteil war mit durchscheinendem grünen Plastikmaterial gedeckt. Als das Flugboot landete, kamen zwei Männer in der Kleidung der Gardewächter aus dem Pavillon.

»Marnik, bleiben Sie im Cockpit«, ordnete Verkan Vall an. »Ich werde Olirzon schicken, wenn ich Sie brauche. Wenn es irgendwelchen Ärger gibt, fliegen Sie zur Zentrale, nennen das Kodewort und kommen mit doppelt so vielen Männern zurück, wie Sie zu brauchen glauben.«

Dirzed hob bei diesen Worten seine Augenbrauen. »Ich habe nicht gewußt, daß der Präsident Ihnen ein Kodewort gegeben hat, Lord Virzal«, bemerkte er. »Das passiert nicht sehr oft.«

»Der Präsident hat mich mit seiner Freundschaft beehrt«, antwortete Verkan Vall, als er, Dirzed und Olirzon aus dem Boot kletterten. Marnik hielt es ein paar Zentimeter über dem flachen Teil der Kuppel in der Schwebe.

Die zwei Gardewächter grüßten, als ein Mann in der Kleidung eines Oberbediensteten, der ein Jagdmesser und eine Jagdpistole trug, auf sie zukam.

»Lord Virzal von Verkan? Willkommen in der Starpha-Kuppel. Lady Dallona erwartet sie unten.«

Verkan Vall war noch nie in einem solchen Gebäude, einer Wohnkuppel gewesen, wie sie auf Akor-Neb gebaut wurden. Die Beschreibung jedoch hatte man ihm in seinen hypnomechanischen Unterrichtungen mitgegeben. Ursprünglich waren die Kuppeln Standardbauten für alle Zwecke gewesen. Vor etwa tausend Jahren, als der Nationalismus noch auf Akor-Neb existierte, waren die Städte beinahe ganz unter der Erde gebaut worden, hauptsächlich als Schutz vor Luftangriffen. Sogar jetzt noch wurden diese Kuppeln von Leuten verwendet, die abgesondert von den übrigen leben wollten, nicht in der Turmstadt, wo es nicht möglich war, das natürliche Aussehen der Landschaft zu erhalten. Das Jagdhaus der Starphas war typisch für diese Kuppelhäuser. Es hatte einen kreisrunden Schacht mit einem Springbrunnen und einem flachen Becken am Boden. Der Schacht führte etwa fünfundzwanzig Meter in die Erde hinein und maß fünfzehn Meter im Durchmesser. Die Vorratsräume, Küche und die Wohnungen der Bediensteten lagen oben, die Wohnräume lagen etwas tiefer und schneckenförmig rund um den Schacht angeordnet.

»Tarnod, der Wildhüter«, stellte Dirzed vor. »Und Erarno und Kirzol, Gardewächter.«

Verkan Vall schüttelte ihnen die Hände und klopfte ihnen auf die Schultern. Tarnod begleitete sie zu den Heberöhren — zwei Prozent positive Schwerkraft für den Weg nach unten und zwei Prozent negative für den nach oben. Sie schwebten in die Tiefe wie luftgefüllte Ballons.

»Lady Dallona ist im Waffenraum«, informierte Tarnod Verkan Vall und schien ihn begleiten zu wollen.

»Danke, Tarnod. Wir kennen den Weg«, sagte Dirzed, drehte dem Oberbediensteten den Rücken zu und ging auf eine geschlossene Tür zu, die sich auf der anderen Seite des Springbrunnens befand. Verkan Vall und Olirzon folgten. Einen Augenblick lang blieb Tarnod stehen und sah ihnen nach, dann folgte er den beiden anderen Wächtern in die Aufstiegsröhre.

»Mir gefällt der Bursche nicht«, erklärte Dirzed. »Die Familie von Starpha benützt ihn für Arbeiten, für die sie keinen Gardewächter anstellen konnte, weil diese sie um keinen Preis tun wollten. Ich war oft hier, als ich noch in Lord Garnons Diensten stand. Ich habe immer den Eindruck gehabt, als hätte er etwas gegen Prinz Jirzyn.«

Er klopfte mit dem Griff der Pistole an die Tür. Nach einem Augenblick des Wartens wurde sie geöffnet, und ein junger Wächter mit einem dünnen Schnurrbart und einem kleinen Kinnbart sah heraus.

»Ah, Dirzed.« Er kam heraus. »Lady Dallona ist hier. Ich übergebe sie wieder in Ihre Obhut.«

Verkan Vall trat ein, gefolgt von Dirzed und Olirzon. In dem großen Raum standen Ruhesessel, Liegen und niedrige Tische. An den Wänden hingen die Häupter von Hirschen, Wildschweinen und Wölfen. In Gestellen waren Gewehre, Jagdpistolen und Vogelflinten untergebracht. Der Raum war von einem etwas kalt wirkenden indirekten Licht erfüllt. An der entfernt liegenden Wand des Raumes saß eine junge Frau an einem Schreibtisch und sprach leise in eine Diktierschreibmaschine. Als die Männer eintraten, schaltete sie das Gerät aus und stand auf. Hadron Dalla trug dasselbe Kostüm, das Verkan Vall auf dem Bildschirm gesehen hatte. Er erkannte sie sofort. Sie jedoch brauchte ein oder zwei Sekunden, um unter der braunen Haut und dem schwarzen Haar des Lord Virzal von Verkan ihren Verkan Vall zu erkennen. Dann erstrahlte ihr Gesicht in einem glücklichen Lächeln.

»Ach Va-a-a-ll!« rief sie und lief durch den Raum auf ihn zu. Sie warf sich in seine Arme, die sie fest umfingen. Immerhin, es waren zwanzig Jahre vergangen — »Ich habe dich zuerst nicht erkannt!«

»Du meinst wohl in diesem Aufzug?« fragte er, da ihm klar wurde, daß sie die Anwesenheit von zwei Gardewächtern einen Augenblick lang vergessen hatte. Sie hatte ihn sogar bei seinem Namen der ersten Ebene genannt, aber das war unwichtig. »Nun, auf der Plantage trage ich allerdings andere Kleidung.« Er küßte sie wieder und drehte sich zu seinen Begleitern um. »Sie müssen verzeihen, Gentlemen. Es ist über ein Jahr her, seit wir uns nicht mehr gesehen haben.«

Olirzon war über die Zärtlichkeit der beiden erfreut. Dirzed hatte einen Ausdruck leichter Resignation auf den hübschen Zügen. Es wäre ihm lieber gewesen, er wäre so begrüßt worden. Verkan Vall und Dalla setzten sich auf eine Couch in der Nähe des

Schreibtisches, die Wächter gingen hinaus.

»Es war wirklich süß von dir, Liebling Vall, daß du mit diesen Männern gekämpft hast, die schlecht von mir gesprochen haben, wirklich lieb«, begann sie. »Es war eine schreckliche Sache. Aber wenn du es nicht getan hättest, hätte ich niemals erfahren, daß du in Darsh bist. Das war auch der Grund, weshalb du es getan hast, nicht wahr?«

»Nun, ich mußte etwas tun. Niemand sagte mir, wo du warst, oder wußte es nicht. Aufgrund der Umstände habe ich angenommen, daß du dich irgendwo versteckt halten würdest. Sag mir, Dalla, ist dir wirklich der wissenschaftliche Beweis der Reinkarnation gelungen? Ich meine, als feststehende Tatsache?«

»O ja. Die Leute auf diesem Sektor beherrschten das schon seit zehn Jahrhunderten. Sie kannten hypnotische Techniken, um sich in einen Teil des unbewußten Verstandes zurückzuversetzen, den zu erreichen wir nie in der Lage waren. Nachdem ich herausgefunden hatte, wie sie das machten, konnte ich mit Hilfe einiger unserer hypnoepistemologischen Techniken —«

»Gut! Das wollte ich nur wissen, Liebling«, fiel er ihr ins Wort. »Wir brechen sofort auf!«

»Aber wohin?«

»Ghamma, mit einem Flugboot, das draußen wartet, und dann zurück zur ersten Ebene.«

»Aber warum, Vall? Ich bin noch nicht bereit, zurückzugehen. Ich habe hier eine Menge Arbeit zu erledigen. Sie bereiten eben eine ganze Serie von Experimenten im Institut vor. Und außerdem stecke ich mitten in einem Versuch auf dem Gebiet der Erinnerungsrückgewinnung —«

»Dalla, ich möchte vermeiden, dir in meiner Eigenschaft als Parazeit-Agent Befehle geben zu müssen, aber bitte folge mir, denn wenn du es nicht tust, wird mir nichts anderes übrigbleiben, als es zu tun. Es geht um den Schutz des Geheimnisses der Parazeit-Transposition!«

»Ach, mein Liebster!« rief Dalla aus. »Tu mir das nicht an, Vall!«

»Versteh doch, Dalla. Angenommen, du wirst hier entleibt, was ja immerhin möglich sein könnte«, sagte Verkan Vall. »Du sagst, Reinkarnation sei eine wissenschaftliche Tatsache. Nun, du würdest dann auf diesem Sektor reinkarnieren, und dann würdest du einem Erinnerungsrückruf unter Hypnose unterzogen werden. Und wenn das geschieht, ist das Parazeit-Geheimnis kein Geheimnis mehr.«

»Oh!« Dalla legte ihre Hand erschreckt über ihren Mund. Wie jedem Parazeit-Reisenden war es ihr zur zweiten Natur geworden, unter allen Umständen das Geheimnis zu bewahren, daß ihre Rasse in der Lage war, auf andere Zeitebenen hinüberzuwechseln, ja, daß es solche verschiedenen Zeitebenen überhaupt gab. »Und wenn die alte Rückrufmethode angewendet würde, müßte ich alles verraten. Ich könnte ja gar nichts zurückhalten. Und dabei sind mir sogar die Prinzipien der Transposition bekannt!« Sie sah ihn entgeistert an.

»Sobald wir daheim sind, werde ich über die Abteilungskanäle eine Empfehlung durchgeben, daß der Akor-Neb-Sektor für Parazeit-Transposition gesperrt wird, bis die Forscher der Rhogom Foundation das Problem der Rückkehr auf die erste Ebene im Zustand der Entleibung gelöst haben«, erklärte er ihr. »Hast du Notizen oder irgend etwas, was du mit zurücknehmen willst?«

Sie stand auf. »Ja, nur das, was auf dem Schreibtisch liegt. Bring mir etwas, um die Bänder und die Notizbücher unterzubringen.«

Er besorgte ihr einen großen Wildsack, den er in einem Regal mit Vogelflinten fand. Während sie die Bänder rasch in den Sack steckte, den er für sie aufhielt, und das übrige Material sortierte und dann ebenfalls in den Sack warf, geschah es: Die Tür wurde aufgerissen und Olirzon sprang in den Raum, seine Pistole in der Faust. Er fluchte gotteslästerlich. Dirzed war bei ihm.

»Man hat uns verraten!« rief er. »Die Bediensteten von Starpha haben sich gegen uns gestellt.« Er steckte seine Pistole ins Halfter und nahm die Maschinenpistole von der Schulter. Er trat durch die Tür und gab einen Feuerstoß in Richtung auf die Heberöhren ab.

»Den hab ich erwischt!« sagte er.

»Was ist passiert, Olirzon?« fragte Verkan Vall, legte den Wildsack auf den Tisch und eilte durch den Raum.

»Ich fuhr hinauf, um nachzusehen, was Marnik machte. Als ich aus der Heberöhre herauskam, schoß einer von diesen Schuften mit einer Jagdpistole auf mich. Er schoß daneben, ich nicht. Dann kamen ein paar weitere mit Vogelflinten. Ich schoß einen von ihnen nieder und sprang in die Röhre. Ich bin Hals über Kopf heruntergekommen. Ich weiß nicht, was mit Marnik passiert ist.« Er gab einen weiteren Feuerstoß ab und fluchte. »Vorbei!«

»Gardewächter-Waffenstillstand! Gardewächter-Waffenstillstand!« rief jemand aus der Heberöhre. »Stellen Sie das Feuer ein, wir wollen verhandeln.«

»Wer ist das?« rief Dirzed über Olirzons Schulter hinweg. »Sie, Sarnax? Kommen Sie heraus, wir werden nicht schießen.«

Der junge Wächter mit dem Schnurrbart und dem Kinnbart kam aus der Röhre, die Waffe im Halfter und die Hände ausgestreckt. Dirzed und Olirzon verließen den Waffenraum, gefolgt von Verkan Vall und Hadron Dalla. Olirzon hatte seine Maschinenpistole zurückgelassen. Sie trafen sich mit dem anderen Wächter am Rand des Springbrunnenbeckens.

»Lady Dallona von Hadron«, begann der Wächter der Starphas, »ich und meine Kollegen, die im Dienst der Familie Starpha stehen, haben von unseren Auftraggebern Befehl erhalten, Ihnen unseren Schutz zu entziehen und Sie zu entleiben und alle Personen, die sich bei Ihnen befinden und Sie zu schützen und Ihnen zu helfen versuchen.« Bisher hatten seine Worte wie die Wiederholung einer eingetrichterten Rede geklungen. Dann wurde seine Stimme wieder normaler im Ton. »Ich und meine Kollegen Erarno, Kirzol und Harnif bitten wegen der Unanständigkeit der Bediensteten der Familie Starpha, die die Feindseligkeiten eröffnet hatte, ohne vorher die Beendigung der Freundschaft erklärt zu haben, um Entschuldigung. Wurde jemand verletzt oder entleibt?«

»Von uns niemand«, sagte Olirzon. »Was ist mit Marnik los?«

»Er wurde, bevor die Feindseligkeiten gegen ihn begannen, gewarnt«, antwortete Sarnax. »Wir geben fünf Minuten Zeit, bevor —«

Olirzon, der durch den Schacht hinaufgesehen hatte, sprang plötzlich zu Dalla und warf sie zu Boden. Gleichzeitig riß er seine Pistole heraus. Bevor er sie heben konnte, fiel oben ein Schuß und traf ihn ins Gesicht. Dirzed, Verkan Vall und Sarnax zogen ihre Pistolen, aber der Schütze war verschwunden. Oben begann eine wilde Schießerei.

»Geht in Deckung«, sagte Sarnax zu den anderen. »Wir werden es euch mitteilen, wenn wir zum Angriff bereit sind. Vorher werden wir uns mit demjenigen auseinanderzusetzen haben, der diesen Schuß abgegeben hat.« Er blickte auf den Toten, stieß einen wütenden Schrei aus und lief davon.

Verkan Vall steckte seine Pistole weg und nahm Olirzon den Waffengurt ab.

»Nun, da haben Sie es«, sagte Dirzed, als sie in den Waffenraum zurückgingen. »Das war ein Beispiel für politische Zweckmäßigkeit.«

»Ich glaube, ich verstehe jetzt, weshalb man Ihr Bild und das von Lady Dallona so weit verbreitet hat«, sagte Verkan Vall. »Jetzt würde jeder Ihre Leichen erkennen und die Statistikalisten für Ihre Entleibung verantwortlich machen.«

»Dieser Gedanke ist mir auch gekommen, Lord Virzal«, sagte Dirzed. »Ich vermute, man wird unsere Leichen gräßlich, aber nicht bis zur Unkenntlichkeit verstümmeln, um die Öffentlichkeit noch mehr in Wut zu versetzen«, fügte er ruhig hinzu. »Wenn ich diesen Kerl erwische, werde ich es ihm heimzahlen.«

Nach ein paar Minuten ertönte nochmals der Ruf »Gardewächter-Waffenstillstand!« aus Richtung der Heberöhren. Die beiden Wächter, Erarno und Kirzol, kamen heraus und schleppten den Jagdhüter Tarnod zwischen sich. Das Gesicht des Oberbediensteten war blutig, und sein Kiefer schien gebrochen. Sarnax folgte. Er trug eine lange Jagdpistole in der Hand.

»Da ist er!« kündigte er an. »Er hat während unseres Waffenstillstands geschossen. Er ist damit zum Gegenstand unserer Gerichtsbarkeit geworden!«

Er nickte den anderen zu. Sie stießen den Jagdhüter auf den Boden, und Sarnox schoß ihn durch den Kopf. Dann warf er die Jagdpistole neben ihn. »Jeder, der die Sitten und Gebräuche verletzt, wird genauso behandelt«, versprach er.

»Ich danke Ihnen, Sarnax«, sagte Dirzed nachdrücklich. »Aber wir haben einen Gardewächter verloren. Die Entleibung dieses Lakeien gleicht das nicht aus. Wir sind der Meinung, Sie sollten Ihre Zahl um einen verringern.«

»Das zumindest, Dirzed. Warten Sie einen Augenblick.«

Die drei Wächter besprachen sich eine ganze Weile. Dann schüttelte Sarnax den beiden Kameraden die Hände und klopfte ihnen auf die Schulter, ebenso wie diese ihm.

»Auf Wiedersehen in der nächsten Reinkarnation, Brüder«, sagte er zu ihnen, ging zur Tür des Waffenraums, wo Verkan Vall, Dalla und Dirzed standen. »Ich gehöre von jetzt an zu euch. Ihr habt zwei Wächter gehabt, als die Verhandlungen begannen, sie werden auch zwei haben, wenn die Schießerei beginnt.«

Verkan Vall sah Dirzon erstaunt an. Hadron Dallas Gardewächter nickte.

»Er hat ein Recht, das zu tun, Lord Virzal. Der Ehrenkodex der Gardewächter sieht einen solchen Wechsel des Treueverhältnisses vor.«

»Willkommen, Sarnax«, sagte daraufhin Verkan Vall und schüttelte ihm die Hand. »Ich hoffe, wir werden es alle überstehen.«

»Wir werden«, versicherte Sarnax ihnen, »entleibt sein. Wir werden hier körperlich lebend nicht herauskommen, Lord Virzal, glauben Sie mir.«

Eine Maschinenpistole begann oben zu hämmern. Die Kugeln schlugen in das Becken des Springbrunnens. Das Wasser dampfte förmlich, so groß war die Geschoßgeschwindigkeit.

»In Ordnung!« rief eine Stimme von oben. »Der Waffenstillstand ist vorüber!«

Eine Garbe aus einer Maschinenwaffe zerschmetterte die Lampen am Boden der Heberöhre. Dirzed und Dalla mühten sich damit ab, einen schweren Stahlschrank quer durch den Raum zu schieben. Verkan Vall, der Olirzons Maschinenpistole in den Händen hielt, trat zur Seite, damit sie den Schrank in die Öffnung bringen konnten. Dann drückte er die Tür dagegen, so daß sie halb geschlossen war. Sarnax kam und brachte Gewehre, Jagdpistolen und Munition.

»Wie sieht es oben aus?« fragte ihn Verkan Vall. »Welche Stärke haben sie, und weshalb greifen sie uns an?«

»Lord Virzal!« widersprach Dirzed entrüstet. »Sie haben kein Recht, ihn das zu fragen. Sarnax soll Vertrauensbruch begehen?«

Sarnax spuckte in Richtung zur Tür. »Ins Gesicht von Jirzyn von Starpha!« sagte er. »Und in das Gesicht seiner Mutter aus Zortan und seines Vaters, wer immer der war! Dirzed, reden Sie keinen Unsinn. Man kann doch bei einem solchen Verräter nicht von Vertrauensbruch sprechen.« Er wandte sich an Verkan Vall. »Oben sind drei männliche Bedienstete der Familie von Starpha. Ihr Gardewächter Olirzon hat die drei anderen entleibt. Hinzu kommt ein armer Verwandter von Prinz Jirzyn namens Girzad. Dann sind drei weitere Männer da, Helfer aus dem Volitionalistenbüro. Sie sind mit Girzad gekommen. Und dann noch vier Gardewächter, die drei, die bereits hier waren, und einer, der ebenfalls mit Girzad gekommen ist. Also elf gegen uns drei.«

»Gegen uns vier, Sarnax«, verbesserte Dalla. Sie hatte sich eine Jagdpistole umgehängt und trug ein leichtes Hirschgewehr unter dem Arm.

Am Boden der einen Röhre bewegte sich etwas. Verkan Vall gab einen kurzen Feuerstoß in die Richtung ab, obwohl es nur eine Puppe war, die man herabgeschickt hatte, um das Feuer auf sie zu ziehen.

»Gegen uns vier, Lady Dallona«, stimmte Sarnax zu. »Was Ihren anderen Gardewächter angeht, der im Flugboot geblieben ist, so weiß ich nicht, wie es ihm ergangen ist. Dieser Girzed ist vor ungefähr zwanzig Minuten angekommen, ebenfalls mit einem Flugboot. Wie schon gesagt, zusammen mit einem Wächter und den drei volationalistischen Parteihelfern. Erarno und ich waren oben auf der Kuppel, als Girzeds Boot landete. Er sagte uns, daß er Befehl von Prinz Jirzyn habe, Lady Dallona und Dirzed sofort zu entleiben. Tarnod, der Wildhüter« — Sarnax spuckte wieder aus, wie das Vorschrift war — »sagte ihm, daß Sie hier seien und daß Marnik einer Ihrer Leute sei. Girzed wollte Marnik sofort erschießen, aber Erarno und ich und sein Gardewächter hielten ihn zurück. Wir warnten Marnik wegen der Veränderung der Lage, unserem Kodex entsprechend, und erwarteten, daß Marnik zu Ihnen heruntergehen würde. Statt dessen startete er das Flugboot, raste über Girzeds Boot hinweg und zerstörte es mit einem Raketenstrahl. Nun, das war ein feindlicher Akt, und deshalb schossen wir alle hinter ihm her. Wir müssen irgend etwas getroffen haben, weil das Boot, eine Rauchfahne nach sich ziehend, herunterging — etwa zehn Meilen von hier entfernt. Girzad holte ein anderes Flugboot aus dem Hangar, und er und sein Wächter starteten, um Ihren Mann zu verfolgen. Ungefähr zur gleichen Zeit kam Ihr Wächter Olirzon — glückliche Reinkarnation sei ihm beschieden! — herauf, und die Starpha-Diener schossen auf ihn. Er schoß zurück und entleibte zwei von ihnen, dann sprang er in die Röhre. Einer der Diener sprang ihm nach. Ich habe seine Leiche auf dem Boden der Röhre gefunden, als ich kam, um Sie offiziell zu warnen. Was danach passiert ist, wissen Sie.«

»Aber weshalb hat Prinz Jirzyn unsere Entleibung befohlen?« fragte Dalla. »Wollte man das den Statistikalisten anhängen?«

Sarnax, der eben antworten wollte, begann auf die Öffnung der Heberöhre zu feuern.

»Ich habe ihn erwischt«, sagte er. »Es war Erarno. Röhren waren seine Spezialität. Er konnte durch die mit negativer Schwerkraft hinunterklettern und in der positiven hinauf. Seine Leiche wird hinaufgetragen bis zur Spitze — aber Lady Dallona, was ich Ihnen bis jetzt erzählt habe, ist nicht alles. Sie haben nichts von dem großen Skandal gehört, der in den Zeitungen stand?«

»Wir haben hier keine bekommen. Welcher Skandal?«

Sarnax lachte. »Oh, der Vater aller Skandale überhaupt! Sie sollten ihn eigentlich kennen, weil Sie ihn ausgelöst haben. Das ist auch der Grund, weshalb Prinz Jirzyn Sie entleiben lassen will. Sie haben ein Verfahren entwickelt, mit dessen Hilfe Leute Erinnerungsrückrufe aus ihren früheren Reinkarnationen vornehmen konnten, nicht wahr? Und Sie haben Geräte verteilt, mit denen man das machen kann? Und Sie haben auch ein Gerät dem jungen Tarnov, dem Sohn von Lord Tirzov von Fastor gegeben?«

Dalla nickte. Sarnax fuhr fort:

»Nun, gestern abend benützte Tarnov von Fastor das Gerät, und was glauben Sie? Es scheint, daß er in seiner letzten Reinkarnation Jirzid von Starpha war, Jirzyns älterer Bruder. Jirzid war mit Lady Annitra von Zabna verlobt. Nun, sein Bruder Jirzyn hatte ein Liebesverhältnis mit Lady Annitra, und er wollte auch den Titel eines Prinzen haben und Familienoberhaupt der Starphas werden. Er bestach diesen Wildhüter Tarnod, den zu entleiben ich das Vergnügen hatte und der damals hier einfacher Diener war. Auf einer Wildschweinjagd erschossen sie Jirzid. Danach konnte Jirzyn Lady Annitra heiraten, und als der alte Prinz Jarnid, sein Vater, ein Jahr später aufgrund eines Herzversagens einer natürlichen Entleibung erlag, erhielt er dessen Titel. Unmittelbar danach wurde Tarnod zum Jagdhüter befördert.«

»Was habe ich Ihnen gesagt, Lord Virzal? Ich hatte immer den Eindruck, daß der Wildhüter etwas über Jirzyn von Starpha wußte!« rief Dirzed. »Eine saubere Familie, diese Starphas!«

»Nun, das ist noch nicht alles«, fuhr Sarnax fort. »Heute morgen hat Tarnov von Fastor, der frühere Jirzid von Starpha, vor dem Obersten Gericht den Antrag auf Namensänderung gestellt, und zwar in Jirzid von Starpha, und auf den Titel als Familienoberhaupt Anspruch erhoben. Der Fall befindet sich noch in seinem Anfangsstadium, so daß man noch nichts gehört hat. Aber in den Adelsfamilien herrscht darüber eine ungeheure Aufregung. Einige behaupten, daß die Persönlichkeit bei einer Inkarnation zur nächsten sich nicht verändert, andere plädieren dafür, daß Besitz und Titel mit der körperlichen Abstammung vererbt werden sollen, gleichgültig, welche Persönlichkeit in welchen Körper eingekehrt ist. Es gibt einige, die Lady Dallona entleibt und ihre Entdeckung unterdrückt sehen wollen. Und es wird davon gesprochen, das ganze System des Besitzrechtes auf Vermögen und Land und auch das Erbrecht zu überprüfen. Oh, es ist eine Riesenschweinerei.«

»Das«, sagte Verkan Vall zu Dalla, »ist etwas, was wir nicht erwähnen dürfen, wenn wir wieder zu Hause sind.« Deutlicher durfte er nicht werden, aber sie begriff die Bedeutung seiner Worte. Das Auslösen von größeren Veränderungen in den sozialen Strukturen auf anderen Zeitebenen wurde von der Parazeit-Kommission auf der ersten Ebene nicht gern gesehen. »Wenn wir überhaupt nach Hause kommen«, fügte er noch hinzu. Dann kam ihm eine Idee.

»Dirzed, Sarnax. Dieses Haus muß von den führenden Volitionalisten für Besprechungen auf höchster Ebene benützt worden sein. Gibt es irgendeinen geheimen Zugang?«

Sarnax schüttelte den Kopf. »Nicht von hier aus. Aber selbst wenn hier unten einer vorhanden wäre, würden sie ihn natürlich scharf bewachen.«

»Damit habe ich gerechnet. Ich hatte vor, einen Ausbruch vorzutäuschen und dann den Durchbruch über die regulären Röhren zu wagen.« Verkan Vall zuckte die Achseln. »Ich vermute, Marnik ist unsere einzige Chance. Hoffentlich ist er davongekommen.«

»Sollte er Hilfe holen? Ich war schon überrascht, daß ein Gardewächter in der Gefahr seinen Dienstherrn verläßt. Aber ich hätte daran denken können«, sagte Sarnax. »Nun, selbst wenn er gesund heruntergekommen ist und Girzed ihn nicht gefangen hat, muß er immer noch zehn Meilen zu Fuß bis zur nächsten Stadt zurücklegen. Damit wird unsere Chance ziemlich gering, etwa eins zu tausend.«

»Gibt es irgendeinen Weg, auf dem sie uns erreichen können, außer durch die Röhren?« fragte Dalla.

»Sie könnten ein Loch durch den Boden graben«, antwortete Sarnax, »oder eines durchbrennen. Sie haben eine Menge Thermit. Sie könnten eine Ladung von Sprengstoff über unseren Köpfen zünden, oder die Kuppel verlassen und eine Sprengladung durch den Schacht herunterwerfen. Sie könnten tödliches Gas verwenden oder radioaktiven Staub. Allerdings würden ihre Wächter solche illegalen Methoden nicht erlauben. Oder sie könnten Schlafgas herunterschießen und dann kommen und uns in aller Ruhe die Kehlen durchschneiden.«

»Wir werden auf jeden Fall diesen Raum verlassen müssen«, entschied Verkan Vall. »Sie wissen, daß wir uns hier verbarrikadiert haben. Also werden sie hier angreifen. Wir werden uns deshalb im Bereich des Schachtes bewegen. Wenn wir uns immer dicht an der Wand halten, kann man uns von oben nicht sehen. Und wir werden in allen Räumen dieses Stockwerks nachsehen, ob es Anzeichen dafür gibt, daß sie von oben eine Öffnung durchschneiden.«

Sarnax nickte. »Das hat Sinn, Lord Virzal. Und was machen wir mit den Heberöhren?«

»Wir müssen sie verbarrikadieren. Sarnax, Sie und Dirzed kennen die Anlage dieses Hauses besser als Lady Dallona oder ich. Ich schlage vor, Sie beide durchsuchen die Räume, während wir die Röhren und den Schacht bewachen«, gab Verkan Vall Anweisung. »Los jetzt.«

Sie stießen die Tür auf und drückten sich an dem Schrank vorbei hinaus. Sich dicht an der Wand haltend, begannen sie langsam den Schacht zu umkreisen. Verkan Vall ging mit der Maschinenpistole voraus, dann kamen Sarnax und Dirzed, ersterer mit einem schweren Schwarzwildgewehr, der letztere mit einer Jagdpistole in jeder Hand, und den Schluß bildete Hadron Dalla mit ihrem Gewehr. Sie war es, die eine Bewegung am Rand der oberen Galerie bemerkte und einen Schuß abgab. Man vernahm ein Bersten, und ein Schauer von Glas-, Plastik- und Metallstücken ging auf die Fliesen nieder. Jemand hatte versucht, ein Suchgerät herunterzulassen. Eine genaue Bestimmung war infolge der Zerstörung, die Dallas Schuß angerichtet hatte, nicht möglich.

Die Räume, die Dirzed und Sarnax betraten, waren verlassen. Niemand schien den Versuch zu machen, die Decke durchzuschneiden oder durchzubrennen, die sich dreieinhalb Meter über ihnen befand. Sie schleppten aus verschiedenen Räumen Möbel herbei, um die Ausstiegsöffnungen der Röhren zu blockieren. Immer weiter kamen sie im Kreis um den Schacht herum, bis sie wieder an die Tür des Waffenraumes kamen.

Dirzed schlug vor, daß sie Waffen und Munition in das Privatzimmer des Prinzen Jirzyn bringen sollten, das ziemlich genau gegenüber auf der anderen Seite des Schachtes lag, um eine Ausweichstellung mit Waffen und Munition für den Fall zu haben, daß man sie aus dem Waffenraum vertreiben würde.

Er blieb als Wache draußen. Verkan Vall, Dalla und Sarnax gingen in den Waffenraum und begannen Waffen und Munition zusammenzutragen. Dalla nahm den Wildsack mit den auf Band genommenen Daten und Notizen ihrer Experimente, Verkan suchte vier weitere schwere Jagdpistolen aus, die genauer schossen als seine kleine Waffe im Halfter oder Olirzons Pistole im Gürtel, und aus denen wahlweise Einzel- oder Dauerfeuer abgegeben werden konnte. Sarnax entschied sich für zwei schwere Wildschweingewehre. Dalla hängte sich den Sack mit den Bändern über eine Schulter, einen zweiten mit Munition über die andere und dazu ein weiteres Hirschgewehr. Dann trugen sie Munition und Waffen in die privaten Räume von Prinz Jirzyn und legten alles in der Mitte des Salons ab, mit Ausnahme des Sackes mit den Notizen und Bändern, von dem Dalla sich nicht trennen wollte.

»Es wäre vielleicht besser gewesen, ein Waffenlager in einem dritten Raum anzulegen«, schlug Dirzed vor. »Sie haben noch nicht damit begonnen, uns zu jagen. Wenn es so weit ist, werden sie wahrscheinlich von zwei oder drei Seiten gleichzeitig kommen.«

Sie kehrten zu dem Waffenraum zurück und warfen besorgte Blicke auf die Galerie über ihnen und die Barrikade, die sie vor den Öffnungen der Röhren errichtet hatten. Mit diesen Sperren war Verkan Vall nicht zufrieden. Die könnten einem Angreifer von oben eher als Brustwehr dienen, als zu ihrem eigenen Schutz.

Er wollte eben um den Stahlschrank herumgehen, der teilweise die Tür des Waffenraums blockierte, als er nach oben blickte und einen zwei Meter großen Kreis an der Decke braun werden sah. Der Geruch von verbranntem Plastikmaterial stand im Raum. Er packte Sarnax am Arm und zeigte hinauf.

»Thermit«, flüsterte der Gardewächter. »In die Decke sind fünfzehn Zentimeter Raumschiffisoliermaterial eingebaut. Sie werden ein paar Minuten brauchen, um diese Schicht durchzubrennen.« Er begann, den Stahlschrank in den Raum zu schieben.

»Bleibt draußen. Sie werden wahrscheinlich eine Handgranate herunterwerfen, bevor sie kommen. Wenn wir schnell sind, können wir ein paar von ihnen erwischen.«

Dirzed und Sarnax warteten, jeder an einer Seite der Tür zusammengeduckt, mit schußbereiten Waffen. Verkan und Dalla war befohlen worden, hinter ihnen zu bleiben. Jeder Gardewächter hatte an einem gefährlichen Ort seinen Dienstherren zu schützen. Verkan Vall, der ohnehin nicht sehen konnte, was im Raum vor sich ging, behielt die Barrikade vor den Heberöhren im Auge, deren Errichtung er jetzt mit Sicherheit als einen großen Fehler erkannte.

Im Inneren des Waffenraumes gab es plötzlich einen Krach, als das Thermit den Kreis in der Decke durchgebrannt hatte, einen Teil der Decke durchbrach und herabfiel. Dirzed drehte sich zu Verkan Vall um. Drinnen folgte eine schwere Explosion auf den Krach. Gleich darauf beugte sich Dirzed um die Türkante und begann rasche Feuerstöße in den Raum hinein abzugeben. An der anderen Seite der Tür schoß Sarnax mit seinem Gewehr. Verkan Vall hielt seine Stellung und beobachtete die Heberöhren. Plötzlich blitzte hinter der Barrikade blauweißes Mündungsfeuer auf, und eine Pistole knallte. Verkan Vall nahm die Stelle, woher der Schuß gekommen war, unter Feuer. Dann sprang er auf.

»Los, in den anderen Raum!« befahl er.

Sarnax fluchte. »Helfen Sie mir, Dirzed.«

Verkan Vall drehte den Kopf und sah, wie die beiden Wächter Dalla unter den Achseln hochzogen und sie von dem Waffenraum wegschleppten. Sie war bewußtlos. Verkan Vall warf einen raschen Blick in den Waffenraum. Zwei Starpha-Diener und ein Mann in leuchtender Zivilkleidung lagen am Boden. Sie waren niedergeschossen worden, als sie auf den Boden heruntersprangen. Er sah eine Bewegung am Rand des rauchenden Lochs in der Decke und jagte einen kurzen Feuerstoß hinauf. Dann folgte er den Wächtern und Hadron Dalla in die Räume von Prinz Jirzyn.

Als er durch die Tür kam, ließen die Wächter Dalla in einen Sessel gleiten. Sie machten sich sofort daran, die Tür zu verbarrikadieren, eine Brustwehr zu schaffen, um in den Schacht feuern zu können.

Einen Augenblick lang, als Verkan Vall sich über sie beugte, dachte er, Dalla sei getötet worden. Dann sah er, daß ihre Augenlider zitterten. Einen Augenblick später hatte er auch schon die Erklärung. Das Geschoß aus der Heberöhre hatte den Wildsack mit den Bändern und Notizen getroffen. Wegen ihrer extremen Geschwindigkeit töteten Akor-Neb-Geschosse sofort, wenn sie auf Fleischteile trafen, hatten jedoch aus demselben Grund eine sehr geringe Durchschlagskraft bei hartem Material. Die Spulen und Kassetten sowie die Buchumschläge hatten genügt, das kleine Geschoß in winzige Splitter aus einer Magnesium-Nickellegierung zerplatzen zu lassen, und der dicke Lederrücken des Wildsackes hatte auch diese aufgefangen. Aber die Auftreffwucht, wenn auch verteilt, als das Geschoß im Inhalt des Sackes zerplatzt war, hatte genügt, einen Schock zu bewirken, der das Mädchen bewußtlos gemacht hatte.

Er fand eine Flasche mit Brandy und auf einer Servierplatte ein Glas. Er gab ihr einen Schluck zu trinken. Beim ersten Schluck mußte sie husten, dann nahm sie das Glas und trank den Rest aus. Verkan Vall füllte nach.

»Was ist passiert?« fragte sie. »Ich dachte, diese Geschosse bedeuten den sicheren Tod.«

»Deine Aufzeichnungen. Die Kugel hat den Sack getroffen. Ist alles in Ordnung?«

Sie trank den Brandy aus. »Ich glaube schon.« Sie steckte eine Hand in den Wildsack und brachte eine Handvoll Fetzen zum Vorschein. »Oh, was für ein Jammer! Das Zeug war wichtig. Alle Berichte über meine neuesten Experimente.« Dann zuckte sie die Achseln. »Na ja, es wäre auch nicht viel mehr wert gewesen, wenn die Kugel mich erwischt hätte.

Als sie aufstand, begann eine wilde Schießerei. Sie warfen sich zu Boden und krochen aus dem Bereich der Tür. Verkan Vall packte seine Maschinenpistole, die er neben Dallas Sessel abgestellt hatte. Sarnax feuerte mit seinem Gewehr auf ein Ziel bei den Heberöhren. Dirzed lag schlaff über der Barrikade, und ein Blick genügte Verkan Vall, um zu erkennen, daß er tot war.

»Du füllst die Magazine für uns mit Patronen«, befahl er Dalla. Dann kroch er an Dirzeds Platz an der Tür. »Was ist passiert, Sarnax?«

»Sie kamen aus den Heberöhren. Ich habe zwei erwischt. Jetzt stecken sie in allen Räumen rings um uns. Sie — Ah!« Er gab schnell hintereinander drei Schüsse ab, blitzschnell aus seiner Dekkung hinter der Tür heraus. »Das hat geholfen«, sagte er und setzte ein neues Magazin ein.

Verkan Vall riskierte einen Blick um die Ecke. In diesem Augenblick gab es einen roten Feuerschein und ein dumpfes, platzendes Geräusch, ganz anders als der Mündungsknall von Gewehren oder Pistolen. Er überlegte den Bruchteil einer Sekunde, ob es eine der Vogelflinten gewesen sein könnte, die er gesehen hatte, dann zischte etwas an seinem Kopf vorbei und explodierte mit einem leisen *Plopp* hinter ihm. Als er sich umdrehte, sah er, wie sich eine Wolke von grauem Rauch in der Mitte des Raumes auszubreiten begann. Dalla mußte ihn eingeatmet haben, denn sie fiel in den Sessel zurück, aus dem sie sich eben erhoben hatte.

Er legte die Maschinenpistole auf den Boden, holte tief Luft, rannte zu ihr hin, faßte sie an den Beinen und zog sie in Prinz Jirzyns Schlafzimmer. Er ließ sie mitten auf dem Boden liegen, holte wieder Luft und kehrte in den Salon zurück, wo das Schlafgas Sarnax bereits erreicht hatte. Er sah den Serviertisch, von dem er den Brandy geholt hatte, und zog ihn zur Schlafzimmertür, kippte ihn um und legte ihn quer vor die Tür, die Tischbeine nach oben. Wie die meisten Akor-Neb-Serviertische, hatte auch dieser eine Vorrichtung zur Aufhebung der Schwerkraft. Er stellte sie auf Doppel-Minus ein. Da die Kraft jetzt über dem umgekehrten Tisch wirkte, drückte sie die Tischplatte gegen den Fußboden, wirkte aber auch in der anderen Richtung und lenkte das Schlafgas nach oben ab und von der Tür weg. Zufrieden holte Verkan Vall Dallas Jagdpistole und die Ersatzmagazine und legte sich hinter die Tür des Schlafzimmers.

Einige Zeit blieb es draußen ruhig. Dann waren die Belagerer wahrscheinlich der Meinung, ihr Angriff mit dem Schlafgas hätte Erfolg gehabt. Ein Gardewächter, der eine Gasmaske trug und eine Maschinenpistole in der Armbeuge hielt, erschien im Eingang, und hinter ihm kam ein hochgewachsener Mann in einer braunen Tunika, ebenfalls mit Gasmaske. Sie betraten den Raum und sahen sich um.

Da er wußte, daß er über ein zweihundertprozentiges negatives Schwerkraftfeld hinwegzuschießen hatte, hielt Verkan Vall ziemlich tief und zog durch. Die Kugel ging durch den Hals. Offensichtlich war das Geschoß nicht nur angehoben, sondern auch gedreht worden, mit der Spitze nach unten. Beim zweiten Schuß zielte er deshalb auf die Knie des anderen Mannes und traf ihn in die Brust.

Als er schoß, sah er, wie ein dünner Faden von Schlafgas um eine Ecke des Tisches zog. Draußen war es einen Augenblick lang ruhig. Er wollte seinen Posten verlassen und ins Bad neben dem Schlafzimmer gehen, um sich dort Handtücher zu holen für eine provisorische Maske. Aber als er zu kriechen versuchte, konnte er es nicht. Er hatte noch den Eindruck, in der Ferne Schreien zu hören, das in seinem Kopf zu einem röhrenden Brausen anschwoll. Er versuchte, seine Pistole zu heben, aber sie glitt ihm aus den Fingern.

Als sein Bewußtsein zurückkehrte, lag er auf dem Rücken, und etwas Kaltes, Gummiartiges wurde auf sein Gesicht gepreßt. Er hob die Arme, um es abzuwehren, und öffnete seine Augen. Er starrte auf das Oval mit dem geflügelten Geschoß, wie es die Gardewächter auf der Brust trugen. Eine Hand packte sein Handgelenk, als er nach seiner kleinen Pistole unter seinem Arm fassen wollte. Der Druck auf sein Gesicht ließ nach.

»Alles in Ordnung, Lord Virzal«, sagte eine Stimme, die von weither zu kommen schien. »Gardewächters Waffenstillstand!«

Er nickte und wiederholte die Worte: »Gardewächters Waffenstillstand. Ich werde nicht schießen. Was ist passiert?« Dann setzte er sich auf und sah um sich. Das Schlafzimmer von Prinz Jirzyn war voll Gardewächter. Dalla, die sich von dem Schlafgas erholte, saß benommen in einem Sessel. Fünf oder sechs Männer waren um sie bemüht, standen sich gegenseitig im Weg herum und taten alles, ihr zu helfen. Sie gaben ihr zu trinken, massierten ihre Hände und hielten feuchte Tücher an ihre Stirn. Das war er schon gewöhnt. Immer das gleiche Bild, wenn Männer meinten, Dalla brauche Hilfe. Ein anderer Wächter räumte ein Sauerstoffbeatmungsgerät weg, und der Wächter, der Verkan Vall davon abgehalten hatte, seine Pistole zu ziehen, war sein eigener Beschützer Marnik. Und Klarnood, der Präsident, saß am Fuß des Bettes und rauchte eine von Prinz Jirzyns Zigaretten.

Verkan Vall sah auf Marnik, dann auf Klarnood und dann wieder zu Marnik.

»Sie sind also durchgekommen«, sagte er. »Gute Arbeit, Marnik. Ich dachte schon, die hätten Sie 'runtergeholt.«

»Das haben sie auch. Ich mußte im Wald notlanden. Eine Meile ging ich zu Fuß, dann traf ich einen Mann und eine Frau mit zwei kleinen Kindern. Sie hatten ein Flugboot, ein gutes sogar. Es schien, daß in dem Stadtviertel, in dem sie wohnen, Unruhen ausgebrochen waren. Deshalb hatten sie sich in den Wald geflüchtet, um zu warten, bis sich die Lage wieder beruhigte. Ich bot ihnen den Schutz der Gardewächter an, wenn sie mich zur Zentrale bringen würden. Das haben sie getan.«

»Es war ein Glück, daß ich dort war, als Marnik kam«, fuhr Klarnood jetzt fort. »Wir stellten drei Bootsladungen Männer zusammen und kamen sofort hierher. Als wir ankamen, landeten auch zwei Boote mit Starpha-Anhängern. Sie gingen gegen uns vor, und wir töteten die meisten von ihnen. Dann kamen wir mit dem Ruf ›Gardewächters Waffenstillstand‹ herunter. Einer der Starpha-Wächter lebte noch. Er erzählte uns, was passiert war. Na!« Das Gesicht des Präsidenten wurde grimmig. »Wissen Sie, ich habe eine recht schlechte Meinung über das Verhalten von Prinz Jirzyn in dieser Sache, ganz zu schweigen von dem seiner Untergebenen. Ich werde noch mit ihm darüber sprechen müssen. Nun, wie sieht's mit Ihnen und Lady Dallona aus? Was haben Sie vor?«

»Wir gehen weg«, sagte Verkan Vall. »Ich brauche eine Maschine nach Ghamma und Schutz bis dorthin. Brarnend von Zorda hat eine private Raumyacht. Er wird uns zur Venus bringen.«

Klarnood stieß einen Seufzer offensichtlicher Erleichterung aus. »Ich werde Sie und Lady Dallona in ein Flugzeug setzen und nach Ghamma fliegen lassen, sobald Sie es wünschen«, versprach er. »Ich werde, offen gestanden, froh sein, wenn Sie abreisen. Lady Dallona hat hier in Darsh einen Brand gelegt, der in einem halben Jahrhundert noch nicht gelöscht sein wird, und wer weiß, was er alles verzehren wird.« Er wurde von einem Schlag unterbrochen, der den unterirdischen Kuppelbau schwanken ließ wie ein leichtes Flugboot im Wirbelsturm. Sogar fünfundzwanzig Meter unter der Erde konnte man ein Dröhnen hören. Es dauerte geraume Zeit, bis der Krach und das Beben aufhörte.

Einen Augenblick lang war Ruhe, dann brachen die im Raum

anwesenden Gardewächter in ein wildes Durcheinander von Rufen aus. Klarnoods Gesicht war vor Schreck erstarrt.

»Das war eine Atombombe!« rief er. »Die erste, die auf diesem Planeten seit tausend Jahren zur Explosion gebracht wurde!« Er wandte sich an Verkan Vall. »Wenn Sie sich wohl genug fühlen, kommen Sie mit uns, Lord Virzal. Ich muß feststellen, was passiert ist.«

Sie eilten aus dem Raum und schwebten in der Heberöhre zur Kuppel hinauf. Ungefähr vierzig Meilen entfernt, im Süden, sah Verkan Vall den Rauchpilz.

»Jetzt ist es soweit«, sagte Klarnood traurig. »Das ist der Bürgerkrieg.«

»Darf ich einen Vorschlag machen, verehrter General-Präsident?« fragte Verkan Vall. »So wie ich es verstehe, ist der Begriff Gardewächters Waffenstillstand für alle bindend. Stimmt das?«

»Nun, nicht ganz. Er wird gewöhnlich von jenen befolgt, auch wenn sie der Vereinigung nicht angehören, die in ihrem gegenwärtigen körperlichen Leben bleiben wollen.«

»Das habe ich gemeint. Angenommen nun, Sie erklärten einen weltweiten ›Gardewächters Waffenstillstand‹ in diesem politischen Krieg und machen die Führer der beiden Parteien für seine Einhaltung verantwortlich. Sie veröffentlichen Listen mit den Namen von zwei- oder dreitausend Spitzenfunktionären der Statistikalisten und der Volitionalisten, beginnend mit Mirzark von Bashad und Prinz Jirzyn von Starpha und informieren sie, daß sie der Reihe nach hingerichtet werden, wenn die Kämpfe nicht aufhören.«

»Gut!« Ein Lächeln trat auf Klarnoods Gesicht. »Lord Virzal, herzlichen Dank. Ein guter Vorschlag. Ich will es versuchen. Und mehr noch, ich werde den Gardewächterschutz für dauernd denjenigen entziehen, die ständig in politische Schwierigkeiten verwickelt sind oder andere verwickeln, und jedem Gardewächter verbieten, einen Auftraggeber anzunehmen, der mit politischen Partisanen zu tun hat. Es wird allmählich Zeit, damit Schluß zu machen, daß sich unsere Mitglieder gegenseitig entleiben, nur wegen dieses politischen Haders.«

Er deutete auf die drei Flugboote, die auf der Kuppel gelandet waren. Schnelle schwarze Fahrzeuge mit dem Abzeichen des roten Ovals und dem geflügelten Geschoß.

»Treffen Sie Ihre Wahl, Lord Virzal. Ich werde Ihnen ein paar von meinen Männern leihen, und Sie können in drei Stunden in Ghamma sein.«

Sie schüttelten sich die Hände und klopften sich gegenseitig auf die Schultern. Dann beugte sich Klarnood über Dallas Hand. »Ich schätze Sie nach wie vor, Lord Virzal, und ich habe selten eine charmantere Lady getroffen als Sie, Lady Dallona. Aber ich hoffe aufrichtig, keinen von Ihnen jemals wiederzusehen.«

Das Raumschiff nach Dhergabar flog nach Nordwesten. In fünfundzwanzigtausend Metern Höhe war es noch hell, aber der Planet unter ihnen war schon in Dunkelheit gehüllt. Auf den großen Bildschirmen sank die Sonne langsam auf der Backbordseite unter den Horizont. Verkan Vall und Dalla saßen nebeneinander und betrachteten den flammenden Himmel im Westen — den Himmel ihrer eigenen Zeitebene.

»Ich mache mir schreckliche Vorwürfe, Vall«, sagte Dalla eben. »Und ich wollte doch keinem von ihnen Ärger bereiten. Mir ging es nur um die Erkenntnis von Tatsachen. Ich weiß, das klingt wie die dumme Ausrede: Ich habe nicht gewußt, daß sie geladen war, aber —«

»Es klingt wie die Schuldkomplexe der Physiker der vierten Ebene im europäisch-amerikanischen Sektor, als sie die Atombombe erfunden haben, meine Liebe«, antwortete Verkan Vall. »Dein Interesse galt der Wissenschaft. Nun, und das ist doch genau das, was man von dir als Wissenschaftlerin erwartet. Du brauchst dir keine Sorgen über irgendwelche sozialen oder politischen Verwicklungen zu machen. Die Menschen werden lernen müssen, mit den neuentdeckten Tatsachen zu leben. Tun sie das nicht, werden sie daran zugrundegehen.«

»Aber Vall, das klingt wirklich schrecklich brutal!«

»Wirklich? Du machst dir Sorgen wegen der Ergebnisse auf dem Gebiet der Reinkarnation, besonders der Erinnerungs-Rückrufmöglichkeit, wegen der Schießereien und der Bombenexplosion, die wir gesehen haben.« Er berührte den Knauf von Olirzons Messer, das er noch immer trug. »Du hast daran nicht mehr Schuld, als der Mann, der diese Klinge geschmiedet hat, schuld am Tod von Marnark von Bashad ist. Wenn er nie gelebt hätte, hätte ich ihn mit einem Messer getötet, das ein anderer gemacht hat. Und was noch viel wichtiger ist, du kannst die Ergebnisse und Folgen deiner Entdeckungen letztlich gar nicht beurteilen. Alles, was du erkennen kannst, ist ein dünner Film an der Oberfläche einer augenblicklichen Situation, das heißt, du kannst nicht sagen, ob auf lange Sicht gesehen die Ergebnisse vorteilhaft oder unheilvoll sind.

Nimm zum Beispiel einmal die Atombombe auf der vierten Ebene des europäisch-amerikanischen Sektors. Ich wähle das Beispiel, weil wir beide diesen Sektor kennen, aber ich könnte hundert andere Beispiele in anderen parazeitlichen Gebieten nennen. Die Menschen dort vermehren sich wie die Karnickel. Jede nachfolgende Generation hat immer weniger Lebensmittel zu verteilen unter immer mehr Menschen. Hinzu kommt, daß sie aus ererbten traditionellen und abergläubischen Gründen jedes vernünftige Programm zur Geburtenregelung ablehnen, ebenso das einer Bevölkerungsbegrenzung.

Aber sie haben jetzt die Atombombe, und sie entwickeln radioaktive Kampfstoffe, Waffen von außerordentlicher Massenwirkung. Und ihre rassischen, nationalistischen und ideologischen Konflikte streben rapide dem Explosionspunkt zu. Eine Reihe von Atomkriegen ist genau das, was dieser Sektor braucht, um seine Bevölkerungszahl auf eine dem Planeten entsprechende Größe herunterzubringen. In hundert Jahren oder so werden die Erfinder der Atombombe als die Retter ihrer Rasse gepriesen werden.«

»Aber was ist mit meiner Arbeit im Akor-Neb-Sektor?« fragte Dalla. »Es scheint, daß meine Erinnerungs-Rückruftechnik explosiver ist als die Atombombe. Ich habe die Weichen für eine jahrhundertelang andauernde Anarchie gestellt!«

»Das bezweifle ich. Ich glaube, Klarnood wird sich durchsetzen, nachdem er sich zu meinem Vorschlag bereit erklärt hat. Weißt du, trotz seines blutrünstigen Berufes kommt er meiner Vorstellung von einem Menschen mit gutem Willen und festem Charakter von allen, die wir auf dieser Ebene gesehen haben, noch am nächsten. Und dann ist da noch etwas, was du nicht bedacht hast. Unsere Lebenserwartung auf der ersten Ebene beträgt vier- und fünfhundert Jahre. Das ist der Hauptgrund, weshalb bei uns alles so weit gediehen ist, wie das der Fall ist. Bei uns hat jede Persönlichkeit ausreichend Zeit, ihr Werk zu vollenden. Im Akor-Neb-Sektor wird ein Wissenschaftler, ein Künstler, ein Gelehrter oder ein Staatsmann bereits senil oder stirbt, wenn er so alt ist wie wir. Jetzt aber kann ein junger Student von etwa zwanzig Jahren sich einer deiner Rückerinnerungsbehandlungen unterziehen und dann sofort die wissenschaftlichen Erkenntnisse und Erfahrungen zur Verfügung haben, die in vier oder fünf vorhergegangenen Leben erworben wurden. Er kann dort anfangen, wo er in seiner letzten Inkarnation aufgehört hat. Mit anderen Worten: du hast diese Leute zeitunabhängig gemacht. Ist das nicht die zeitweilige Entleibung einer Anzahl von niederträchtigen Politikern und Rowdies oder sogar von einigen anständigen Leuten wie Dirzed und Olirzon wert? Wenn du es nicht so siehst, dann weiß ich nicht, mit welchen Wertskalen du mißt.«

»Vall!« Dallas Augen strahlten vor Begeisterung. »Daran habe ich nie gedacht! Und du hast gesagt ›zeitweilige Entleibung‹. Das ist schließlich ganz genau der Fall. Dirzed, Olirzon und die anderen sind nicht tot. Sie befinden sich, jetzt entleibt, in der Wartezeit zwischen zwei physischen Leben. Du weißt doch, daß in einer der heiligen Schriften der Leute von der vierten Ebene steht: ›Der Tod ist der letzte Feind.‹ Mit dem Beweis, daß der Tod nur ein zyklischer Zustand der fortwährenden persönlichen Existenz ist, hat man in Akor-Neb den letzten Feind besiegt!«

»Den letzten Feind — bis auf einen«, sagte Verkan Vall. »Sie haben immer noch gegen einen Feind zu kämpfen, nämlich gegen den Feind in ihnen selbst. Nenne ihn semantische Konfusion, Unlogik, Unverständnis oder einfach Dummheit. Denk zum Beispiel an den anständigen Klarnood. Er war gehemmt durch das wörtlich in seinen Vorschriften stehende Verbot der politischen Einmischung. Er hätte niemals zugestimmt, die Macht seiner Organisation zur Niederwerfung des Bürgerkriegs einzusetzen, wenn ihn nicht der Einsatz der Atombombe von seinen Hemmungen freigemacht hätte. Oder die Statistikalisten, die eine klassenlose Gesellschaft mit Hilfe eines politischen Programms zu schaffen versuchen, dessen einziges Ergebnis eine weltweite Versklavung der Menschen gegenüber den Regierungen sein würde. Oder die Adeligen der Volitionalisten, die Erblichkeit ihrer feudalzeitlichen Privilegien erhalten wollen und jetzt nicht einmal einig darüber werden können, wie man den Begriff der Erblichkeit auslegen soll. Haben sie alle jetzt nicht die Möglichkeit, diese dummen Vorurteile als Versagen in ihren früheren Leben zu erkennen und größere Weisheit zu erlangen? Sind das nicht echte Hilfen?«

»Aber . . . ich dachte, du hättest gesagt —« Dalla war verwirrt und ein wenig verletzt.

Verkan Vall legte seinen Arm fest um ihre Taille und lachte beruhigend.

»Siehst du? Beide Ergebnisse sind möglich, ein gutes oder ein schlechtes. Also mach dir keine Vorwürfe — schon im voraus — über etwas, was du noch gar nicht beurteilen kannst.« Es kam ihm eine Idee. Er streckte sich in seinem Sitz. »Ich sag dir was: Wenn ihr in eurer Rhogom Foundation das große Problem der zwischenzeitlichen Transposition in entleibtem Zustand gelöst haben werdet, werden du und ich nach Akor-Neb zurückgehen — in etwa hundert Jahren. Wir werden uns dann ansehen, was für einen Durcheinander die Leute dort angestellt haben.«

»Hundert Jahre. Das wäre nach unserer Rechnung im Jahr zweiundzwanzig im nächsten Jahrtausend. Das ist eine Verabredung, Vall. Das werden wir machen!«

Sie beugten sich beide über sein Feuerzeug, um sich Zigaretten anzuzünden. Als sie die Köpfe wieder hoben, leuchtete der Himmel in tiefem Purpur bis Schwarz. Sterne traten hervor, und am fernen Horizont erschien ein goldener Schimmer — die Lichter von Dhergabar, ihrer Heimat.

Originaltitel: LAST ENEMY

Aus ASTOUNDING SCIENCE FICTION August 1950

IM DIENST DER SACHE

Duncan McLeod hängte den Anzug, den er eben ausgezogen hatte, auf einen Bügel, steckte sein Hemd, die Socken und die Unterwäsche in einen Behälter, der seinen Namen und seine Kenn-Nummer trug, und schob alles zusammen in einen Schrank, der für diesen Zweck vorgesehen war.

Dann ging er, bis auf die Erkennungsmarke aus Plastik um seinen Hals, nackt zum Schreibtisch hinüber, holte sich den Schrankschlüssel und ging in den dahinter liegenden Umkleideraum.

Vier oder fünf junge Männer, wahrscheinlich Soldaten, die in die Stadt gehen wollten, kamen zur gleichen Zeit von der anderen Seite herein. Wie McLeod trugen sie nur die Erkennungsmarken aus Plastik um den Hals, die sie im Austausch gegen die aus Metall erhalten hatten, die sie innerhalb der Reservation trugen. Sie wurden vom Wachpersonal durchsucht, das ihnen das Haar durchkämmte, in Ohren und Nasenlöcher schaute, mit winzigen Suchlampen in die Mundhöhlen leuchtete und eine ganze Reihe von magnetischen und elektronischen Prüfgeräten benützte.

McLeod unterwarf sich dieser Untersuchung mit einem gewissen Überdruß. Nach fünfzehn Jahren, die er auf dem Gebiet der Forschung und Entwicklung für ein Dutzend Nationen tätig gewesen war, durfte er sich für einen echten Kenner von allen möglichen Sicherheitsmaßnahmen halten. Daß das Tonto-Basin-Forschungsinstitut in dieser Beziehung alles übertraf, was er vorher erlebt hatte, stand für ihn außer Zweifel. Mit ihm zusammen waren auch einige grauhaarige Veteranen hier. Sie alle fluchten amüsiert und entrüstet, wenn sie daran dachten, wie die relativ laxen Vorschriften jener Tage sie geärgert hatten. Heute gab es vielleicht ein paar Angehörige von Nomadenstämmen in Somaliland oder in den Kirgisensteppen, die noch nichts vom Projekt der Western Union Philadelphia wußten, oder vom Fünfjahresplan Roter Triumph der vierten Komintern, oder dem Unternehmen des islamischen Kalifats Al Borak, oder vom Cavor-Projekt der Iberoamerikanischen Konföderation. Aber von diesen wenigen abgesehen, wußte jeder belesene Mensch auf der Welt, daß die vier großen Machtblöcke mit verzweifelter Eile daran arbeiteten, das erste Raumschiff auf den Mond zu schießen und dort eine Basis zu errichten, was die Vorherrschaft auf der Erde bedeuten würde.

Er gab die nichtmagnetische Erkennungsmarke am Schreibtisch auf der anderen Seite des Untersuchungsraums ab und erhielt die aus Metall, die er innerhalb der Reservation trug und dazu den Schlüssel für den inneren Schrank. Er zog die Kleidung an, die er dort gelassen hatte, als er herausgegangen war und steckte mehrere kleine Gegenstände in seine Taschen, die aus der Reservation mit herauszunehmen man ihm nicht erlaubt hatte. Er band sich die bunte Krawatte um, die ihm von den Zivilangestellten und im besonderen von Mitgliedern des McLeod-Forschungsteams verehrt worden war, um damit ihren nichtmilitärischen Status anzuzeigen. Dann zündete er sich seine Pfeife an und ging in den offenen Korridor auf der anderen Seite.

Karen Hilquist wartete dort bereits auf ihn, bequem in einen der Metallsessel zurückgelehnt. Sie sah kühl aus in ihrem weißen Coverall, mit dem Gürtel um die Taille, dem weißen Turban, den sie über ihr blondes Haar gebunden hatte, und sehr schön. Sein Herz machte einen kleinen Sprung, als er sie sah — so wie ein Geigerzähler, der ein radioaktives Teilchen anzeigt. Das war noch immer so, obwohl sie jetzt bereits seit zwölf Jahren zusammenlebten und seit zehn verheiratet waren. Als sie ihn kommen sah, lächelte sie. Er ging auf sie zu, fächelte sich mit seinem Sonnenhelm Luft zu und ließ sich in einen Sessel an ihrer Seite fallen.

»Hast du schon unser Center wegen eines Jeeps angerufen?« fragte er. Als sie nickte, fuhr er fort: »Ich dachte mir schon, daß du es getan hast, deshalb habe ich mich erst gar nicht selbst darum gekümmert.«

Eine Weile saßen sie schweigend nebeneinander und betrachteten mit gelangweiltem Widerwillen die Gruppe von stahlhelmtragenden Soldaten des Heeres, die, mit Gewehren und Maschinenpistolen bewaffnet, die Verladerampen und das Fahrzeugtor bewachten. Eine Kette von Lastwagen mit schwerer Bewachung war eben in den Entladehof hereingefahren. Man war jetzt dabei, Nachschubgüter auf eine Rampe zu laden, auf deren anderen Seite Lastwagen mit aufgeklappten hinteren Bordwänden standen und darauf warteten, die Ladung zu übernehmen. Hundert Meter freie Betonfläche und fünfzig bewaffnete Soldaten trennten diese von den Männern und Lastern von draußen, um jeden Kontakt zu vermeiden.

»Und dennoch schaffen sie es nicht, alle undichten Stellen zu stopfen«, sagte Karen leise. »Und wir werden dann dafür verantwortlich gemacht oder bekommen Vorwürfe deswegen.«

McLeod nickte und wollte eben etwas sagen, als seine Aufmerksamkeit durch lebhafte Bewegung an der Einfahrt erregt wurde. Eine große Armeelimousine mit dem Zeichen des Offiziers vom Dienst und dem Einsternstander eines Brigadegenerals kam an und hupte ungeduldig. Auf dem Rücksitz konnte McLeod eine breitschultrige Gestalt mit schlechtgelauntem Gesicht sehen — es war General Nayland, ein hochgewachsener Mann dänischer Abstammung. Er war der militärische Befehlshaber von Tonto Basin. Die innere Wache trat heraus und erwies die vorschriftsmäßige Ehrenbezeigung. Die Schranke schoß in die Höhe, als wäre sie raketenangetrieben, und der Wagen fuhr hindurch. Sofort wurde die Schranke wieder heruntergelassen, viel schneller als sonst. Auf der anderen Seite rannten die äußeren Wachen genauso geschäftig durcheinander.

Karen schnitt hinter dem weiterfahrenden Wagen ein Gesicht her und murmelte etwas auf Hindustani. Die wirkliche Bedeutung des Wortes, die buchstäbliche in diesem Falle, das sie da sagte, war ihr wahrscheinlich nicht bekannt, aber sie wußte, daß es ein außerordentlich schlimmes Schimpfwort war. Ihr Mann trug zu dieser Bemerkung sein Teil bei, indem er sagte: »Seine Vorstellung vom Himmel ist wahrscheinlich ein riesiges Forschungsinstitut, in dem er Fünf-Sterne-General und Kommandeur ist, während Galilei, Newton, Priestley, Danton, Planck und Einstein höchstens den Rang eines Feldwebels hätten.«

»Und Marie Curie und Lise Meitner wären Angehörige des weiblichen Hilfscorps im Unteroffiziersrang«, fügte Karen hinzu. »Er haßt uns doch wirklich alle, nicht wahr?«

»Er haßt unser Team«, antwortete McLeod. »Für ihn sind wir in erster Linie ein Haufen Zivilisten, die ihm nicht unterstehen und ihm keine Ehrenbezeigung zu erweisen haben. Wir stehen bei der Western Union unter Vertrag und nicht bei der Regierung der Vereinigten Staaten. Und da die Vereinigten Staaten an der Western Union auf Vertragsbasis beteiligt sind, hat auch unser Kontrakt nicht mehr und nicht weniger an Bedeutung als die einer vertraglichen Verpflichtung. Wir haben dadurch so etwas wie den Stand der Exterritorialität, etwa so, wie ihn die Europäer während des neunzehnten Jahrhunderts in China hatten. Deshalb haben wir ja auch unsere eigenen Transportmittel, für die er lediglich den Brennstoff zu stellen hat, und unsere eigene bewaffnete Wachmannschaft. Und wir haben sogar unsere eigene Flagge auf dem Team Center, was ihm mindestens genau so ärgert wie alles andere. Das und natürlich auch noch die Tatsache, daß wir Ausländer sind. Deshalb wäre es ihm am liebsten, ja ein Fest, diesen Spionagefall uns anhängen zu können!«

»Und unser Kontrakt gibt den Vereinigten Staaten ausdrücklich das Recht, etwas gegen uns zu unternehmen für den Fall, daß wir die nationale Sicherheit gefährden, das ist klar«, fügte Karen hinzu. Sie löschte ihre Zigarette in der schon lange nicht mehr geleerten Schale neben dem Sessel. In ihren Augen stand Sorge. »Du weißt ja selbst, daß einer von uns erschossen werden könnte, wenn wir nicht vorsichtig sind. Duncan, kann es wirklich einer von unseren Leuten sein, der . . .?«

»Ich sehe keine Möglichkeit, wie es jemand anderer sein könnte«, sagte McLeod. »Mir gefällt dieser Gedanke ebensowenig wie dir, aber es ist nichts daran zu ändern.«

»Nun, was werden wir tun? Gibt es denn niemand, dem wir trauen können?«

»Doch, bei den Technikern und den Wachmannschaften. Ich könnte mir vorstellen, daß eine ganze Menge von diesen Leuten absolut loyal sind. Aber im Team selbst — unter den leitenden Wissenschaftlern —, gibt es niemanden, dem ich absolute Zuverläßlichkeit einräumen würde, ausgenommen Kato Sugihara.«

»Kannst du dich auf ihn wirklich verlassen? Ich wehre mich dagegen, ihn als einen Verräter betrachten zu müssen, aber —«

»Ich habe eine Reihe von Gründen, warum ich Kato traue«, antwortete McLeod. »In erster Linie ist es deshalb, weil ihn außer der Physik nur drei Dinge interessieren: Jitterbug, handbemalte Krawatten und Kochen auf südländische Art. Würde er zur Komintern gehen, könnte er keines seiner Hobbys mehr betreiben. Außerdem gibt er nur etwa die Hälfte seines Anteils am Gewinn des Teams aus und überweist den Rest auf das Konto des Teamfonds. Er hat dort jetzt etwa hunderttausend Dollar stehen, die er verlieren würde, wenn er uns verließe. Und dann ist da noch eine andere Sache. Katos Vater ist im Krieg gefallen, als Kato erst fünf Jahre alt war. Danach wurde er von seinem Großvater nach den Lehren von Bushido erzogen, der den Ehrenkodex der alten Samurai aufgestellt hat, in dem Treue, Gehorsam und Ehre über dem Wert des Lebens stehen. Bushido fordert in mancher Beziehung unsere Kritik heraus, aber niemand könnte behaupten, daß Verrat an der eigenen Gruppe gute Bushido-Art ist. Und heute ist Japan mit der Westlichen Union verbündet, und er würde auf keinen Fall der Komintern helfen.«

Ein hellblauer Jeep, auf dem »MacLeod Research Team« in kirschroter Farbe stand, näherte sich auf der breiten Betonpiste. McLeod lächelte.

»Hier kommt er ja. Lege die Sicherheitsgurte an, wenn du eingestiegen bist. Ahmed sitzt am Steuer.«

Karen sah auf ihre Uhr. »Und es ist beinahe Zeit fürs Mittagessen. Weißt du, mich erschreckt der Gedanke, mit den übrigen am Tisch zu sitzen und denken zu müssen, daß einer davon uns verrät.«

»Wir sind nur neun, nicht dreizehn, wie damals Jesus mit seinen zwölf Aposteln, und doch ist ein Judas darunter«, sagte McLeod. »Aber ich glaube, es ist an jedem Tisch für einen Judas Platz.«

Das McLeod-Team aß zusammen zu Mittag, abseits von den Assistenten, Technikern und Studenten. Das war kein snobistischer Ausdruck von Klassengeist. Der Grund war, daß oft interne Teampolitik und vertrauliche Einzelheiten ihrer Arbeit an dem runden Tisch diskutiert wurden, an dem sie ihre Mahlzeiten einnahmen. Leute, deren ganzes Vermögen aus ihrem Wissen und ihren Ideen besteht, sind zu vorsichtig, um gedankenlos darüber zu reden. Die sechs Männer und die drei Frauen, die sich an dem großen Tisch von drei Metern Durchmesser gegenseitig ansahen, hatten keinen anderen Reichtum.

Sie waren neun Menschen von neun Nationalitäten, oder man konnte sie auch neun Leute mit der den Wissenschaftlern oft eigenen Übernationalität nennen. Daß Duncan McLeod, ihr Leiter, in Transvaal aufgewachsen war und seine Frau in der schwedischen Universitätsstadt Upsala, war nicht nur für ihre eigene Gruppe bezeichnend, sondern ebenso für Hunderte von Forschungsteams, die nach dem großen Krieg entstanden waren. Der Typ des wissenschaftlichen Abenteurers dürfte durch den gnadenlosen Kampf der Völker um die Vorherrschaft auf dem Gebiet der technischen Waffensysteme und im Wettbewerb zwischen den Industrieländern während der späten siebziger Jahre entstanden sein. Und weil wissenschaftliche Forschung in hohem Grade eine Sache gemeinsamen Denkens und gemeinsamer Anstrengungen ist, hatten sich unabhängige Wissenschaftler zu Gruppen zusammengeschlossen, deren Führer größere Macht erlangten, als es jemals einem Kondottierekapitän in der Renaissancezeit Italiens gelungen war. Duncan McLeod, der äußerlich zufrieden und glücklich am Tisch zu sitzen schien, innerlich jedoch wachsam und bitter traurig war, war ein solcher freier Kapitän der Wissenschaft. Einer nach dem anderen hatten sie sich um ihn gesammelt; nicht weil er ein größerer Physiker war als sie, sondern weil er ein mutigerer, gewandterer und mit weniger Skrupeln belasteter Abenteurer war, besser in der Lage, sie durch das Labyrinth internationaler Machtpolitik zu führen und die nicht weniger grausame, wenn auch nicht so offen zutage tretendc brutale Welt der Großindustrie.

Da war Karen Hilquist, die junge Metallurgin, die, bevor sie fünfundzwanzig war, ein neues Härtungsverfahren für SKF vervollkommnet hatte, ebenso wie ihr die Herstellung eines unglaublich zähen Laufstahls für Gewehre für die Boforwerke gelungen war. In den wenigen Minuten, seit sie in das Team Center zurückgekommen waren, hatte sie es geschafft, ihren Coverall gegen Rock und Bluse zu vertauschen und ihr Haar in wirklich staunenswerter Weise zu frisieren.

Und da war Kato Sugihara, der jünger als seine achtundzwanzig Jahre aussah, der die Existenz ganzer Strukturordnungen unterhalb der Ebene von Nuklearteilchen nachzuweisen begonnen hatte.

Da war Suzanne Maillard, die ihr graues Haar aus einem Gesicht frisiert hatte, das niemals schön gewesen war, das jedoch von etwas viel Selteneren belebt war als nur bloßer Schönheit. Sie besaß, jetzt am Beginn der Fünfziger, den Charm und die Klugheit, um die sie viele Frauen beneideten, obwohl sie nur halb so alt waren, aber trotz ihrer Schönheit nicht mit ihr konkurrieren konnten. Außerdem wußte sie mehr von kosmischen Strahlen als irgendein anderer lebender Mensch.

Dann Adam Lowiewski, dessen schwarzer Schnurrbart so seltsam mit seinem silberweißen Haar kontrastierte. Er kritzelte wie wahnsinnig Gleichungen auf seinen Schmierblock, als könnten seine eiligen Finger niemals mit seinen Gedanken Schritt halten. Gedanken, die er mit offensichtlicher Herablassung dem jungenhaft aussehenden Japaner neben ihm erklärte. Er war nach der Meinung aller Welt einer der größten lebenden Mathematiker, nach seiner eigenen der allergrößte.

Und Sir Neville Lawton, der Elektronikexperte, mit den schütter werdenden roten Haaren und dem peinlich genau zurechtgestutzten Schnurrbart. Bei ihm hatte man immer den Eindruck, er trage einen Abendanzug, auch wenn er, wie eben jetzt, in verwaschenes Khaki gekleidet war.

Als nächster Heym ben-Hillel, der Mann für Quanten- und Wellenmechanik aus Israel. Sein überladener Teller war eine Beleidigung der Gesetze Moses, sein flaumiges weißes Haar ein wirres Chaos. Er lachte eben über einen unfreiwilligen Witz, den der Engländer gemacht hatte.

Dann Rudolf von Heldenfeld, mit dem dünnlippigen Mund und einem steinernen Gesicht, das niemals einen Gedanken verriet — er war der Spezialist auf dem Gebiet der Magnetströme und der elektromagnetischen Felder.

Und Farida Khouroglu, das türkische Mädchen, das MacLeod und Karen bettelnd in den Straßen von Istanbul vor zehn Jahren aufgelesen hatten. Es war bei ihnen aufgewachsen und war dem Schicksalsweg des MacLeod-Teams gefolgt, von Kontinent zu Kontinent und zu einer ganzen Reihe von Nationen. Es war zweifelhaft, ob es jemals einen Tag lang eine richtige Schule besucht hatte, jetzt jedoch war sie Sekretärin des Teams, mit einem Verständnis für physikalische Probleme, die manchen Professor beschämt hätte. Sie war zudem zu einer wirklichen Schönheit geworden — mit ihren großen schwarzen Augen, den lackschwarzen Haaren und der schimmernd weißen Haut ihrer Rasse. Sie und Kato Sugihara waren sehr ineinander verliebt.

Ein gutes Team. Das beste Forschungsteam auf dem Gebiet der Physik in einer machthungrigen und wissensbegierigen Welt. McLeod dachte, während er mit dem Stiel seines Weinglases spielte, an einige ihrer Triumphe: Das Atomwerk in Westaustralien. Die Segovia Plutonium-Werke, wofür sie alle zu spanischen Adeligen — Granden — in der wiederhergestellten Monarchie des Landes ernannt worden waren. Die Wasseraufbereitungsanlage in Puerto Rico für Meerwasser, wo sie für die Associated Enterprises gearbeitet hatten. Der Präsident des Unternehmens, Blake Hartley, war später Präsident der Vereinigten Staaten geworden. Den schwer errungenen Sieg über ein anscheinend unlösbares Problem in den Uranminen des Kongo.

Er dachte auch an die Gefahren, denen sie zusammen begegnet waren, in einer Welt, in der Soldaten die Waffen der Wissenschaft benützen mußten und Wissenschaftler den Umgang mit der rohen Gewalt lernten. Er dachte an die Falschheit des islamischen Kalifen, für den sie einmal gearbeitet hatten. An die Intrigen und Verschwörungen, die sie in Spanien erlebt hatten. An die vielen Versuche von Kidnapping und Mord. An die Zeit in Basra, wo sie mit Pistolen und Maschinenpistolen, Keulen und Säureflaschen ihre Laboratorien verteidigen mußten.

Es war ein gutes Team gewesen — bevor die Fäulnis des Verrats es befallen hatte. Er meinte den faulen Gestank beinahe zu riechen, und doch konnte er, wenn er so von Gesicht zu Gesicht blickte, nicht erraten, wer der Verräter war. Und dabei hatte er so wenig Zeit.

Kato Sugiharas Stimme erhob sich über das Gemurmel der Unterhaltung am Tisch.

»Ich denke, ich komme mit meinem Photon-Neutron-Elektron-Austauschzyklus weiter«, gab er bekannt. »Und ich bin der Ansicht, daß er mit unseren Forschungen über den Zerfall der Materie in Zusammenhang gebracht werden kann.«

»So?« Von Heldenfeld sah interessiert auf. »Und nicht mit dem Problem, was in der heißen Schicht vorgeht, die die Erde umgibt?«

»Nein, Suzanne hat mir diese Idee ausgeredet«, antwortete der Japaner. »Das ist nur ein Sekundäreffekt der Einwirkung kosmischer Strahlung und der Sonnenstrahlen. Aber ich glaube, ich habe jetzt den Schlüssel zum Problem des Zerfalls der Materie, das sich uns bei der Beschichtung der äußeren Hülle des Raumschiffs stellt.«

»Das ist interessant«, bemerkte Sir Neville Lawton. »Wie das?«

»Nun, es ist Ihnen bekannt, was sich ereignet, wenn ein Photon mit der Atomstruktur von Materie zusammenkommt«, sagte Kato. »Es kann eine elastische Kollision geben, bei der das Photon einfach wieder wegspringt. Makroskopisch nennen wir das den Effekt der Reflexion des Lichtes. Es kann aber auch eine nichtelastische Kollision geben, wenn das Photon auf ein Atom trifft und ein Elektron herausstößt — der alte photoelektrische Effekt. Oder das Photon wird eine Weile festgehalten und verhältnismäßig unverändert zurückgestrahlt — der Effekt, den man bei Leuchtfarben beobachtet. Oder aber das Photon durchdringt den Stoff, wandelt sich in ein Neutron um und bleibt entweder in dem Kern, oder geht durch das Atom hindurch, was von einer Anzahl von Faktoren abhängt. Das ist natürlich alles altes Wissen. Sogar der Photon-Neutron-Austausch ist seit der Mitte der fünfziger Jahre bekannt, als der Gamowsche Neutronenzähler entwickelt wurde. Aber jetzt kommen wir zu dem, was Sie so liebenswürdig waren, als den Sugihara-Effekt zu bezeichnen: das Neutron nimmt eine negative Ladung auf und wird tatsächlich zu einem Elektron, verliert dann seine Ladung wieder und verwandelt sich in ein Neutron zurück. Und es wird dann, wie zum Beispiel bei einem zur Weißglut erhitzten Metall, wieder als Photon ausgestoßen.

Wir dachten zuerst, dies alles hätte keinen Zusammenhang mit der Isolierungsfrage der Raumschiffe, die auszuarbeiten wir vertraglich verpflichtet sind. Also kamen wir überein, diesen Effekt als Teamgeheimnis zu behandeln, bis wir herausgefunden hätten, ob er kommerzielle Bedeutung habe. Aber jetzt finde ich, daß er einen direkten Zusammenhang mit dem Zerfall der Materie hat, also mit unserem schwierigsten Problem.«

Heym ben Hillel saß da und hatte alles um sich herum vergessen. Er hörte nur auf die Worte seines jungen Kollegen. Ein Stück Fleisch von einem unreinen Tier, das er auf seiner Gabel aufgespießt hatte, blieb auf halbem Weg zum Mund stehen.

»Jawohl! Richtig!« rief er aus. »Das würde so viele Dinge erklären, über die ich nachgedacht habe. Und natürlich sind da auch noch andere Kräfte am Werk, die im Geschehen der Natur diesen Effekt wieder ausgleichen.«

»Aber kann dieser Prozeß kontrolliert werden?« wollte Suzanne Maillard wissen. »Kann man Elektronen in Neutronen umwandeln und dann in Photone in ausreichender Zahl und dabei andere Effekte eliminieren, die eine Kompensation von nuklearer und molekularer Expansion verursachen würden?«

Kato grinste wie ein Kater, der die Gräten eines Fisches betrachtet, den er eben aufgefressen hat.

»Ja, das kann ich. Ich hab's bereits gemacht.« Er wandte sich an MacLeod. »Erinnern Sie sich an die Geschosse, die ich von Ihnen bekommen habe?« fragte er.

MacLeod nickte. Er lud die Munition für seine Achtunddreißiger Special selbst. Und wie bei allen Fällen von fortgeschrittener Handladebesessenheit, war er von beinahe religiösem Fanatismus, was die Gleichmaße von Geschoßgewichten und ihren Maßen anging. Anders als die meisten Handlader hatte er auch brauchbare Instrumente zur Verfügung, um diese Gleichmäßigkeit sicherzustellen.

»Diese Geschosse sind einander so gleich, wie verschiedene Gegenstände das überhaupt sein können«, sagte Kato. »Sie wiegen 158 Grains, das heißt 158 000 Grains, haben also praktisch keine Gewichtsdifferenz. Der Durchmesser beträgt 0,35903 Zoll. Ich habe nun diese Geschosse verschiedenen Strahlenbombardements unterworfen, und die besten Ergebnisse hat mir ein Geschoß mit einem Durchmesser von 0,35892 Zoll gebracht, wobei das Gewicht unverändert geblieben ist. Mit anderen Worten heißt das, daß es keinen Gewichtsverlust gegeben hat, aber daß sich die Masse zusammengezogen hat. Und das war erst der erste Versuch.«

»Gut, schreiben Sie alles auf, was Sie darüber wissen. Dann werden wir unsere weitere Experimentierarbeit planen«, sagte MacLeod. Er blickte um den Tisch herum. »Bis jetzt können wir nicht völlig sicher sein. Die Schrumpfung kann möglicherweise alleine im kristallinen Netz stattfinden, die Atomstruktur möglicherweise unverändert bleiben. Was wir brauchen, ist Materie, die wirklich zerfallen ist.«

»Ich werde das machen«, sagte Kato. »Farida, ich werde bis morgen Mittag alle meine Daten für dich zusammengestellt haben. Du kannst dann für alle Teammitglieder Kopien herstellen.«

»Machen sie meine auf einen Mikrofilm, so daß ich sie projizieren kann«, bat von Heldenfeld.

»Meine auch«, schloß sich Sir Neville Lawton an.

»Am besten, Sie fertigen für alle Mikrofilme an«, schlug Heym ben Hillel vor. »Sie sind handlicher als maschinengeschriebene Kopien.«

MacLeod ging auf den Zehenspitzen hinter seiner Frau und Rudolf von Heldenfeld vorüber zu Kato Sugihara und berührte ihn an der Schulter.

»Kommen Sie mit hinaus, Kato«, flüsterte er. »Ich muß mit Ihnen sprechen.«

Der Japaner nickte, stand auf und folgte ihm auf das Flachdach über den Labors hinaus. Sie gingen zur entgegengesetzten Seite hinüber und blieben am Geländer stehen.

»Kato, wenn Sie Ihr Material zusammenstellen, so möchte ich, daß Sie alle Angaben verfälschen. Bringen Sie es in eine Form, die die Daten absolut wertlos macht, aber so, daß niemand, auch nicht die Teammitglieder, die Fälschung erkennen. Können Sie das machen?«

Katos mandelförmige Augen wurden weit. »Natürlich kann ich das, Dunc«, sagte er. »Aber warum —?«

»Es fällt mir schwer, es sagen zu müssen, Kato, aber wir haben einen Verräter im Team. Einer der Leute, die im Speiseraum sitzen, verkauft uns an die Vierte Komintern. Ich weiß, daß es nicht Karen ist, und ich weiß, daß Sie es nicht sind. Aber das ist auch alles, was ich bis jetzt weiß.«

Der Japaner atmete schneller. »Sie würden so etwas nicht sagen, wenn Sie nicht sicher wären, Dunc«, sagte er.

»Nein. Heute morgen, ungefähr um zehn Uhr, hat mich Dr. Weissberg, der Zivildirektor, in sein Büro gebeten. Ich habe ihn dort sehr aufgeregt angetroffen. Er erklärte mir, daß General Nayland uns beschuldigt — unser Team praktisch anklagt —, geheime Informationen über unser Projekt an Komintern-Agenten zu liefern. Er sagte, britische Intelligence-Agenten in Smolensk hätten erfahren, daß die Laboratorien »Roter Triumph« dort nach Richtlinien arbeiten, deren Ursprung hier im MacLeod Team zu finden sei. Sie hatten — die Briten — die Information dem Western Union Central Intelligence weitergegeben, und WU hat sie an den Central Intelligence der United States geleitet. Und jetzt reitet die Gegenspionage auf Nayland herum, der — das ist klar —, den schwarzen Peter uns zuschieben möchte.«

»Er würde liebend gern einen von uns erschießen lassen«, sagte Kato. »Und das könnte passieren. Man hat sich in diesem Land sehr lange Zeit gelassen, bis man gegen Spionage hart vorzugehen begonnen hat, aber wenn die Amerikaner einmal in einer Sache hart werden, dann werden sie außerordentlich hart. Aber überlegen Sie doch: Wir haben die Berichte über unsere Untersuchungs- und Forschungsfortschritte an Felix Weissberg gegeben, und er hat sie an Nayland weitergeleitet. Könnte die undichte Stelle nicht in Naylands Dienststelle sein?«

»Genau das habe ich zuerst auch gedacht«, antwortete MacLeod. »Natürlich klares Wunschdenken. Tatsache ist, daß ich zu Nayland gegangen bin und es mit ihm ausdiskutiert habe. Habe ihn glatt beschuldigt in dem eben erwähnten Sinn. Nun hoffe ich, ihm einen ausreichenden Schrecken eingejagt zu haben, um ihn ein paar Tage hinzuhalten. Ich wollte nur wissen, was die Komintern angeblich von uns bekommen haben soll, aber das wollte er nicht sagen. Das ist natürlich Material, das wir nicht bekommen dürfen; es hat einen anderen Verteilerkreis, verstehen Sie?«

»Und jetzt?«

»Dann sind Karen und ich in die Stadt gegangen. Dort konnte ich ein Telefon benützen, das nicht über die Vermittlung einer militärischen Dienststelle läuft. Ich bekam Allan Hartley, den Sohn des Präsidenten, an den Apparat. Er steht ein wenig in unserer Schuld nach allem, was wir für ihn in Puerto Rico geleistet haben. Ich erklärte ihm, daß alles, was wir brauchten, Informationen seien, die uns helfen würden, uns zu entlasten. Er bat mich, eine halbe Stunde zu warten und dann die Zentrale der Gegenspionage in Washington anzurufen und mit General Hammond zu sprechen.«

»Ha! Wenn Allan Hartley auf unserer Seite ist, was machen wir uns dann noch Sorgen?« fragte Kato. »Ich wußte immer, daß er die wirkliche Kraft der Associated Enterprises ist und sein Vater nur der Mann im Vordergrund. Und ich wette, das ist bei der Regierung genauso.«

»Allan Hartley ist solange für uns, als wir unsere Nasen sauber halten. Wenn sie erst schmutzig sind, wird man sie uns auch noch blutig schlagen. Also müssen wir sie uns selbst putzen, müssen wir diese Angelegenheit selbst klären und erledigen. Klar?« sagte MacLeod. »Und jetzt das, was Hammond mir gesagt hat: Die

Komintern weiß alles von unseren Versuchen über den Zerfall der Materie bei Zink, Titan und Nickel. Man kennt unsere theoretischen Arbeiten über kosmische Strahlen einschließlich Suzannes Arbeit bis etwa vor einem Monat. Man weiß über den Effekt Bescheid, den Sir Nevill und Heym vor zwei Monaten entdeckt haben.« Er unterbrach sich kurz. »Und vom Photon-Neutron-Elektron-Austausch.«

Kato reagierte auf die letzten Worte mit einem grausam durchdringenden Blick, wie er nur Asiaten eigen ist, der seinem Gesicht einen flüchtigen Augenblick lang den Ausdruck einer alten Samurai-Kriegermaske gab.

»Das war in keinem der Berichte enthalten, die wir bisher abgegeben haben«, sagte er. »Sie haben recht. Die undichte Stelle ist in unserem Team selbst. Es muß Sir Neville sein oder Suzanne, oder Heym ben Hillel oder Adam Lowiewski oder Rudolf von Heldenfeld, oder — nein! Nein, ich kann nicht glauben, daß es Farida sein könnte!« Er sah MacLeod flehentlich an. »Sie glauben doch nicht, daß sie es —?«

»Nein, Kato. Das Team ist ihr ganzes Leben, mehr noch, als das bei mir der Fall ist. Als sie zu uns kam, war sie erst zwölf Jahre alt, und sie ist bei uns aufgewachsen. Sie kennt kein anderes Leben als das bei uns und möchte auch kein anderes führen. Es muß einer der übrigen fünf sein.«

»Nun, da haben wir Suzanne«, begann Kato. »Sie mußte Frankreich wegen ihrer politischen Tätigkeit verlassen. Und sie hat bei Joliot-Curie gearbeitet und war an der Universität von Louvain, als es dort nur so von Kommunisten wimmelte, wie Sie selbst wissen werden.«

»Und das bringt uns zu Sir Neville«, fügte MacLeod hinzu. »Er befaßt sich mit Spiritismus. Er und Suzanne halten Planchette-Seancen ab. Eine solche Planchette-Nachricht kann man manipulieren. Vielleicht hat Suzanne Sir Neville befohlen, der Komintern zu helfen.«

»Könnte sein. Wie wär's mit Lowiewski? Er ist Pole und kann nicht in sein Land zurück, weil es ein Komintern-Satellit ist«, stellte Kato fest. »Vielleicht würde er uns für eine Amnestie verkaufen, obwohl man sich fragt, weshalb er dorthin zurückkehren will, so wie die Dinge jetzt liegen?«

»Seine Eitelkeit. Es ist Ihnen doch bekannt, daß Eingeborene aus den Missionarschulen in Afrika zu ihren Stämmen zurückkehren und dort in langen Unterhosen herumlaufen, um so vor den Wilden zu glänzen. Das war ein ganz bekannter Witz dort unten, wo ich herkomme.« MacLeod dachte einen Augenblick lang nach. »Und Rudolf. Er hat aus seiner negativen Einstellung gegenüber dem demokratischen Regierungssystem nie ein Hehl gemacht. Er könnte sich bei den Roten mehr zu Hause fühlen. Obwohl die Kommunisten seine Eltern ermordet haben.«

»Was soll's?« erwiderte Kato. »Die Amerikaner haben meinen Vater umgebracht, aber ich mache daraus keinen Anlaß zum Haß. Das war im Krieg. Jetzt ist Japan ein Land der westlichen Union. Und genauso ist es mit Deutschland. Wie sieht's bei Heym aus? Erinnern Sie sich noch, als die Komintern wollte, daß wir nach Rußland kämen und dort die gleiche Arbeit machen sollten, wie wir sie hier tun?«

»Ich erinnere mich daran, daß nach unserer Ablehnung dieses Angebots jemand versucht hat, Karen zu entführen«, sagte MacLeod grimmig. »Ich erinnere mich auch daran, daß damals ein paar Russen ziemlich plötzlich gestorben sind.«

»Ich habe nicht daran gedacht. Ich dachte an unseren Streit am runden Tisch, als das Angebot besprochen wurde. Heym war nicht abgeneigt, es anzunehmen. Und dies, würde ich sagen, deutet entweder auf Sympathien oder auf eine vertrauensselige Natur hin«, legte Kato dar. »Und eine Menge von Verrätern ersten Grades sind aus Leuten mit besonders vertrauensseligem Charakter hervorgegangen.«

MacLeod nahm seine Pfeife und zündete sie an. Lange Zeit starrte er hinaus auf die von Bergen umsäumte Ebene, auf der weit auseinandergezogen die Gruppen von Forschungs-Centern und die roten Dächer der Dörfer lagen.

»Kato, ich glaube zu wissen, wie wir herausfinden können, wer es ist«, sagte er dann. »Zunächst einmal stellen Sie Ihre Daten zusammen und verfälschen sie so, daß sie keinen Schaden anrichten, wenn sie in die Hände der Komintern gelangen. Und dann —«

Der nächste Tag begann in einer Atmosphäre unterdrückter Aufregung und Besorgnis. MacLeod, Karen und Kato Sugihara schienen sie unbewußt, wie durch Ansteckung, auf alle Angehörigen des Teams zu übertragen. Die Forscher und ihre unmittelbaren Assistenten und Studenten waren die ersten, die davon erfaßt wurden. Sie schrieben die Spannung, unter der ihr Führer, seine Frau und der Japaner arbeiteten, den neuesten Entwicklungen und Problemen beim Zerfall der Materie zu.

Dann erwischte es ungefähr ein Dutzend unbedingt vertrauenswürdiger Techniker und Wächter, die heimlich in der Nacht vorher von MacLeod in dessen Büro versammelt worden waren, wo sie von der Krise, die entstanden war, unterrichtet wurden. Ihren Kollegen konnte es nicht entgehen, daß sich ihre Gedanken mit etwas Außergewöhnlichem beschäftigten.

Sie waren eine bunt zusammengewürfelte Mannschaft. Männer, die aus allen Winkeln der Erde zum Team gestoßen waren. Da war Ahmed Abd-el-Rahman, der arabische Jeepfahrer, der in Basra zu ihnen gekommen war. Da war der drahtige kleine Grieche, den alle Alex Unaussprechlich nannten. Da waren ein Italiener und zwei Chinesen und ein in Unehren entlassener französischer Luftwaffenoffizier. Weiter ein Indonesier und der Sohn eines englischen Earls, der darauf bestand, daß er Bertie Wooster heiße und nicht anders. Sie hatten alle Geheimhaltung geschworen und MacLeods Story mit einem vielsprachigen Ausbruch gottesfürchtiger und gotteslästerlicher Worte beantwortet. Dann erst, nachdem sich die Gemüter ein wenig beruhigt hatten, konnte man besprechen, welche Aufgabe jeder einzelne von ihnen zu übernehmen hatte.

MacLeod war bald aufgestanden und hatte sich der Prozedur der Durchsuchung beim Verlassen der Reservation unterzogen, weil er wieder in die Stadt gehen wollte. Dieses Mal, um zu einer Konferenz zu gehen, die in einem Zigarrengeschäft in einer schäbigen Nebenstraße stattfinden sollte, wo das Büro der Gegenspionage untergebracht war. Er war wieder zurückgekommen, als Farida Khouroglu die Mikrofilmkopien eben fertiggestellt hatte, die die Pseudodaten von Kato enthielten. Diese Kopien wurden zusammen mit Durchschlägen des maschinengeschriebenen Manuskripts verteilt, während das Team beim Mittagessen saß.

MacLeod war der erste, der vom Tisch aufstand und in den Keller ging, wo Alex Unaussprechlich und der Mann, der seinen angenommenen Namen den Werken von P. G. Wodehouse entlehnt hatte, die über die Vermittlung des Team Centers herein- und hinausgehenden Gespräche abhörten und notierten. MacLeod blieb zwei Stunden lang bei ihnen. Er hörte Suzanne Maillard und einer Frau zu, die von einem Apparat in den Unterkünften der verheirateten Offiziere sprach. Die beiden berieten sich wegen einer Party. Er hörte Rudolf von Heldenfeld sich mit irgendeinem Mädchen verabreden. Er erlebte einen heftigen Wortwechsel zwischen dem Teamchef und irgend jemandem aus der militärischen Dienststelle über die Qualität einer Anzahl von jungen Soldaten. Er hörte einem Anruf zu, der für Adam Lowiewski hereinkam.

»Hier ist Joe«, sagte der Anrufer. »Ich muß heute am späten

Nachmittag in die Stadt, aber ich habe mir überlegt, ob Sie nicht Zeit hätten, mich im Gesellschaftshaus im Oppenheimer Village zu einer Partie Schach zu treffen. Ich rufe jetzt von dort aus an.«

»Gut, das geht«, antwortete Lowiewskis Stimme. »Ich stecke mitten in einem ganz verteufelten mathematischen Problem. Vielleicht könnte eine Partie Schach meine Gedanken klären. Ich habe da einen neuen Zug mit dem König, den ich bei Ihnen mal ausprobieren möchte.«

Bertie Wooster blickte auf. »Gerade jetzt! Das könnte sein, was wir —«

Der Apparat neben MacLeod läutete bald nach diesem Gespräch. Er hob ab und nannte seinen Namen. Es war Ahmed Abd-el-Rahman.

»Hören Sie, Chef. Ich bin diesem Burschen zum Oppenheimer Village nachgefahren«, antwortete der Araber. »Er geht in das Gesellschaftshaus. Ich hinter ihm her, aber er ist nicht zu sehen. Ich sehe mich nach ihm um und bemerke, wie er aus der Don-Ameche-Bar herauskommt. Dann hat er sich ein Bier geholt und sich an einen Tisch gesetzt. Was jetzt?«

»Bleiben Sie dort, behalten Sie ihn im Auge«, befahl MacLeod. »Wenn ich Sie brauche, rufe ich Sie an.«

MacLeod legte auf, streckte sich und fühlte unter seiner Jacke nach dem .38er-Special.

»Jetzt haben wir's, Leute«, sagte er. »Lowiewski ist es. Los!«

»Hah!« Alex Unaussprechlich zog seinen Revolver heraus und prüfte den Zylinder. Er ließ sich nicht eben freundlich über die Vorfahren des polnischen Mathematikers aus, über dessen Charakter und seiner voraussichtlich besten Verwendung nach dem Tod. Dann steckte er den Revolver weg, und die drei Männer verließen den Keller.

Vier Minuten mußten MacLeod und der Grieche im Erdgeschoß warten — vier Minuten, die ihnen wie Stunden vorkamen. Aber nur von hier aus konnten sie die beiden Aufzüge und das Treppenhaus übersehen. Bertie Wooster war nach oben gegangen, um auf Karen und Kato Sugihara aufzupassen. Dann ging die Tür eines Aufzugs auf, Adam Lowiewski kam eilig heraus, Kato hinter ihm, scheinbar völlig vertieft in die Lektüre einer wissenschaftlichen Zeitschrift. Der Grieche trat von der Seite an Lowiewski heran, MacLeod verstellte dem Polen von vorn den Weg.

»Hallo, Adam«, grüßte er. »Haben Sie sich schon die vielen Daten angesehen?«

»O ja. Ja.« Lowiewski schien kaum in der Lage, seine Ungeduld hinter den üblichen Formen der Höflichkeit zu verbergen. »Die Sache liegt natürlich nicht ganz auf meiner Linie, aber was die Mathematik angeht, so scheint sie in Ordnung zu sein.« Er wollte weggehen.

»Sie werden nirgendwo hingehen«, befahl MacLeod. »Das Schachspiel findet nicht statt. Die roten Bauern sind geschlagen — der eine im Oppenheimer Village, der andere hier.«

Es dauerte nur den Bruchteil einer Sekunde, während dem Lowiewski sich bemühte — beinahe erfolgreich —, um den Ausdruck der Bestürzung aus seinem Gesicht zu verbannen.

»Ich weiß nicht, wovon Sie sprechen«, begann er. Seine rechte Hand bewegte sich in Richtung auf den Jackenaufschlag zu.

MacLeods Revolver war auf ihn gerichtet, bevor er die Bewegung zu Ende führen konnte. Zur gleichen Zeit hatte Kato Sugihara die Zeitschrift weggelegt und den schmalen, langen Dolch gezückt, den er darunter verborgen getragen hatte. Er machte einen Schritt vorwärts und drückte dem Polen die Spitze dieser gefährlichen Waffe in die Seite. Mit der anderen Hand langte er über Lowiewskis Brust und zog die Pistole aus dem Halfter unter der Jacke. Es war eine kleine Beretta vom Kaliber .32.

»In den Aufzug!« befahl MacLeod. Ein verstärkter Druck von Katos Dolch verlieh dem Befehl Nachdruck. »Und paßt genau auf ihn auf. Er darf nichts verlieren oder sonstwie loswerden«, fügte er für den Griechen noch hinzu.

»Wenn Sie mir diese unglaubliche Entgleisung erklären würden«, begann Lowiewski. »Ich nehme an, es ist so etwas wie ein Scherz nach Ihrer Vorstellung —«

Ohne auch nur zu antworten, warf MacLeod die Aufzugstüren zu, drückte auf den »Aufwärtsknopf« und ließ den Aufzug bis in den sechsten Stock zu den Wohnunterkünften hinauffahren. Karen Hilquist und das aristokratische schwarze Schaf, das sich selbst Bertie Wooster nannte, warteten schon, als sie die Türen öffneten. Der Engländer faßte einen von Lowiewskis Armen, MacLeod den anderen. Die anderen gingen hinter den dreien her, als man den Gefangenen den Flur entlang in den schallgedämmten Speiseraum brachte. Als MacLeod Lowiewskis linken Arm losließ, nahm ihn sofort Alex Unaussprechlich fest in seine Hand. MacLeod ging zur Haussprechanlage und drückte auf den Knopf für alle Anschlüsse.

»Dr. Maillard, Dr. Neville Lawton, Dr. ben Hillel, Dr. von Heldenfeld, Miss Khouroglu«, sagte er. »Hier spricht MacLeod. Kommen Sie sofort, ich wiederhole, sofort, an den runden Tisch

— Dr. Maillard, Dr. Neville Lawton —«

Karen sagte etwas zu dem Japaner und ging hinaus. Eine ganze Weile sprach niemand. Kato kam zu MacLeod herüber und zündete sich an der Glut in dessen Pfeifenkopf eine Zigarette an. Dann betraten die übrigen Mitglieder geschlossen den Raum. Offensichtlich hatte Karen sie auf dem Flur davon unterrichtet, daß sie im Speiseraum eine ungewöhnliche Situation vorfinden würden. Aber dennoch wurde eine ganze Anzahl von überraschten Ausrufen laut, als man sah, daß Adam Lowiewski festgenommen worden war.

»Meine Damen und Herren«, sagte MacLeod, »ich bedaure, Ihnen mitteilen zu müssen, daß ich unseren Kollegen, Dr. Lowiewski, unter Arrest gestellt habe. Er steht unter dem Verdacht, vertrauliche Informationen an Agenten der Vierten Komintern verraten zu haben. Gestern habe ich erfahren, daß Daten über unsere gesamte Arbeit, einschließlich geheimer Team-Daten über den Sugihara-Effekt, in die Hand der Komintern gelangt sind und in den Forschungslaboratorien in Smolensk verwendet werden. Ich wurde weiter davon in Kenntnis gesetzt, daß General Nayland unser Team als Ganzes beschuldigt, auf beiden Schultern zu tragen und diese Information an die Komintern verkauft zu haben. Es ist nicht nötig, eine längere Darstellung der Einstellung General Naylands gegenüber diesem Team zu geben, auch nicht über die freien Wissenschaftler als eine Klasse für sich. Ebensowenig brauche ich klarzumachen, daß einige von uns leicht den Tod hätten finden oder im Gefängnis hätten landen können, wenn der General diese Anklage gegen uns durchgesetzt hätte.«

»Also brauchte er rasch einen Sündenbock und zog den Zettel mit meinem Namen aus dem Zylinder«, unterbrach ihn Lowiewski höhnisch.

»Ich würdige den Ernst der Lage«, sagte Sir Neville Lawton. »Und wenn der Sugihara-Effekt unter den preisgegebenen Informationen ist, steht fest, daß niemand außer einer von uns der Verräter sein kann. Aber warum soll es unbedingt Adam sein? Wir haben doch alle unbehinderten Zugang zu allen Berichten und Daten.«

»Genau. Aber das Sammeln von Informationen ist der kleinste und leichteste Teil bei der Spionage. Beinahe jederman kann Informationen sammeln. Womit der Spion sein Geld wirklich verdienen muß, ist die Übermittlung der Information. Wenn Sie nun an die beinahe phantastischen Sicherheitsmaßnahmen denken, die hier gelten, so bitte ich Sie, sich einmal zu überlegen, wie Sie diese

Informationen hinausbringen würden. Dabei ist zu bedenken, daß es sich um mathematische Daten von einer Größenordnung handelt, die jenseits aller menschlichen Gedächtnis- und Erinnerungsfähigkeit liegen.«

»Ha, niemand kann irgend etwas herausbringen«, sagte Suzanne Maillard. »Nicht einmal das eigene Frühstück. »Ist Adam auch der Zauberei angeklagt?«

»Die einzigen materiellen Gegenstände, die aus diesem Reservat herausgebracht werden dürfen, sind versiegelte Behälter von Modellen und Daten, die an die verschiedenen Entwicklungsfabriken verschickt werden. Und über den Sugihara-Effekt wurde nie ein Bericht angefertigt und konnte also nicht auf diesem Weg hinausgelangen«, entgegnete Heym ben-Hillel.

»Aber die Daten des Sugihara-Effekts sind nach Smolensk gelangt, mein Lieber«, antwortete MacLeod. »Ganz zu schweigen von Darwin und Wallace. Das war kein Zufall. Dieses Material wurde von der einzigen Person aus der Tonto Basin-Reservation gebracht, die das tun konnte. Auf dem einzigen Weg, den es gab, die Reservation ohne Durchsuchung zu verlassen. Deshalb, meine Damen und Herren, ließ ich diese Person beschatten und ließ zur gleichen Zeit alle unsere Telefonapparate überwachen, um alle aus- und eingehenden Gespräche in diesem Center abzuhören. Und die Person, die der Spionagekurier sein mußte, rief Adam Lowiewski an und verabredete sich mit ihm zu einer Partie Schach im Oppenheimer Gesellschaftshaus.«

»Sehr verdächtig, sehr verdächtig«, höhnte Lowiewski. »Ich erhalte einen Anruf von einem Freund, zur gleichen Zeit, als irgendein anonymer Verdächtiger das Telefon benützte. Schließlich werden doch in dieser Reservation je Minute fünfhundert Telefongespräche geführt.«

»Unmittelbar nach dem Anruf wollte Dr. Lowiewski dieses Gebäude verlassen«, fuhr MacLeod fort. »Als ich ihn daran hinderte, versuchte er eine Pistole zu ziehen. Diese hier.« Er zeigte die Beretta herum. »Ich werde jetzt in Gegenwart von Ihnen allen Dr. Lowiewski durchsuchen lassen.« Er nickte Alex und dem Engländer zu.

Sie machten ihre Arbeit sehr sorgfältig. Lowiewskis Tascheninhalt bildete einen kleinen Haufen auf dem Tisch. Als der letzte Gegenstand dazugelegt wurde, gab der Pole seinen sarkastischen Kommentar:

»Und auch dieses Zigarettenpäckchen, ungeöffnet«, höhnte er. »Ich vermute, ich habe die Daten den Zigarettenherstellern auf telepathischem Wege mitgeteilt, und die haben sie mit unsichtbarer Farbe auf das Zigarettenpapier gedruckt.«

»Vielleicht gar nicht nötig. Vielleicht haben Sie die Packung geöffnet und dann wieder verschlossen«, entgegnete Kato kühl. »Eine erhitzte Spachtel unter das Cellophan, so wie jetzt.« Er benützte die Spitze seines Messers zur Vorführung. Das Cellophan ließ sich überraschend leicht öffnen. Er kippte den Inhalt der Packung auf den Tisch: Sechzehn Zigaretten, vier Zigarettenmundstücke, vier Stückchen, die von den anderen Enden abgeschnitten waren — und eine kleine Mikrofilmkapsel aus Aluminium. Lowiewskis Gesicht verzerrte sich. Einen Augenblick lang versuchte er sich von den Männern loszureißen, die ihn festhielten. Dann ließ er sich in einen Sessel fallen. Heym ben Hillel schnappte vor Schreck und Überraschung nach Luft. Suzanne Maillard stieß einen kurzen Schrei aus. Sir Neville Lawton sah die Kapsel neugierig an und sagte: »Nun, was sagst du dazu, selige Tante Agathe!«

»Das ist die Kapsel, die ich ihm heute mittag gegeben habe!« rief Farida Khouroglu und hob sie auf. Sie öffnete sie und entnahm ihr eine Rolle Projektionsfilm. Es befand sich auch ein Stückchen Zigarettenpapier in der Kapsel, auf das eine Notiz in kyrillischen Buchstaben geschrieben war. Rudolf von Heldenfeld konnte Russisch lesen. »Es heißt«, sagte er, »Daten über neue Entwicklung von Photon-Neutron-Elektron-Austausch. 22. Juli. Vladimir.« Er unterbrach sich kurz, dann sagte er: »Vladimir ist vermutlich der Deckname dieses Schweinehunds.«

Film und Papier gingen von Hand zu Hand. Die übrigen Mitglieder des Teams setzten sich. Alle waren bemüht, sich von dem Sessel zu entfernen, in dem Lowiewski saß. Er bemerkte es und meinte sarkastisch:

»Angst, von einem moralisch Leprakranken angesteckt zu werden? Aber ich war Ihnen gut genug, Ihre dummen mathematischen Fehler zu korrigieren, nicht wahr?«

Kato Sugihara nahm die Kapsel in die Hand, warf einen letzten Blick auf die Zigarettenpackung und sagte zu MacLeod:

»Ich werde sofort zurückkommen, wenn ich diese Sache erledigt habe.«

Bei diesen Worten verließ er den Raum, gefolgt von Bertie Wooster und dem Griechen.

Heym ben Hillel wendete sich den anderen zu. Seine Augen hatten den verwunderten und erschreckten Ausdruck eines Hundes, der ohne Grund geschlagen worden ist. »Aber warum nur hat er das getan?« fragte er.

»Er hat es Ihnen doch eben gesagt«, antwortete MacLeod. »Er ist der große Adam Lowiewski. Nur die Mathematik eines Physikerteams zu prüfen, ist unter seiner Würde. Ich vermute, die Komintern hat ihm eine Professur an der Stalin-Universität angeboten.« Er beobachtete Lowieskis Gesicht scharf. »Nein«, fuhr er dann fort, »es war wahrscheinlich der Lehrstuhl für Mathematik an der sowjetischen Universität der Wissenschaften.«

»Aber wer ist die Person, die einen Mikrofilm aus der Reservation herausschmuggeln konnte?« wollte Suzanne Maillard wissen. »Hat denn jemand das Geheimnis der Teleportation entdeckt?«

MacLeod schüttelte den Kopf. »Es war der Fahrer von General Nayland. Es mußte so sein. General Naylands Wagen ist der einzige Gegenstand, der hinaus darf, ohne durchsucht zu werden. Der Wagen selbst wird im Kraftfahrzeugpark der Armee gewartet. Niemand konnte etwas für einen Verbündeten darin verstekken, der es dann draußen aus dem Wagen nehmen konnte. Nayland ist ein ausgestopfter Popanz, aber er ist fanatisch und völlig unbestechlich in seiner vaterländischen Treue. Das ließ nur die Möglichkeit übrig, daß es der Fahrer ist. Wenn Nayland im Wagen saß, hat den Mann am Steuer niemand beachtet. Er hätte ebensogut ein ferngesteuerter Roboter sein können. Der alte Fall von Pater Browns unsichtbarem Mann. Nachdem mir klar geworden war, daß es einen Kurier geben mußte, brauchte ich ihn nur von Ahmed Abd-el-Rahman beschatten zu lassen und gleichzeitig die Telefone abzuhören. Als er mit Lowiewski Kontakt aufnahm, wußte ich, daß Lowiewski der Verräter war.«

Sir Neville Lawton lachte unterdrückt auf. »Ach du liebe Tante Fanny! Und Nayland macht Krach wie ein Knallbonbon wegen des kleinsten Fehlers in der Einhaltung der Sicherheitsbestimmungen. Er bekommt eine Gänsehaut, wenn jemand auch nur sagt: $E=mc^2$, aus lauter Angst, ein Spion der Komintern könnte es hören. Es ist ein Wunder, daß er nicht die Werte von Plancks Konstante auf die Liste der Geheimhaltung gesetzt hat. Er baut alle diese phantastischen Untersuchungsräume und Absperrungen auf. Und dann fährt er selbst durch das Tor, hupt wie ein Irrer, und sein Fahrer hat die Taschen voll Geheiminformationen. Jetzt ist mir alles klar!«

»Noch nicht alles«, sagte MacLeod. »Kato ist eben dabei, die Kapsel in eine andere Zigarettenpackung zu praktizieren. Er wird damit eines seiner Labormädchen in die Oppenheimer Village schicken. Sie wird es dem Fahrer mit der Nachricht übergeben, daß Lowiewski nicht kommen konnte. Und wenn der Bursche es dann hinausbefördert, wird er in eine Straßensperre laufen, die die Gegenspionage auf dem Weg zur Stadt errichtet hat. Man wird ihn bestimmt niederschießen, und man wird Nayland in den hintersten Winkel der Welt und zum unbedeutendsten Objekt, vielleicht zur Überwachung der Hochwassergefahr im Mississippital, versetzen, wo er keinen Schaden mehr anrichten kann. Wenigstens sind wir ihn hier los. Wir werden uns nicht mehr mit ihm in den Haaren liegen.«

»Wenn wir überhaupt noch Haare haben«, sagte Heym ben Hillel düster. »Sie, MacLeod, haben zwar Nayland in Schwierigkeiten gebracht, uns aber nicht daraus befreit.«

»Wie meinen Sie das?« wollte Suzanne Maillard wissen. »Er hat den Verräter gefunden und die undichte Stelle verstopft.«

»Das schon, aber wir sind als Team nach wie vor für seinen Verrat verantwortlich«, erklärte der Israeli. Dieser Nayland ist nur ein Symptom für die Feindseligkeit, die Politiker und Militärs gegenüber den freien Wissenschaftlern empfinden und gegenüber dem ganzen System der Forschungskontrakte. Jetzt können sie einen Skandal zu ihren Gunsten ausnützen. Unser Anteil, das Leck gestopft zu haben, wird ignoriert werden. Die Öffentlichkeit wird nur vom Verrat eines freien Wissenschaftlers erfahren und sich darüber aufregen.«

»Das ist richtig«, stimmte Sir Neville Lawton zu. »Und damit kommen wir zu einem anderen Punkt. Wir können diesen Burschen den Behörden nicht einfach ausliefern. Wenn wir das tun, schaffen wir einen Präzedenzfall, der das ganze System in Frage stellt, unter dem wir arbeiten.«

»Jawohl, das würde den Regierungen ausgezeichnet in den Kram passen, wenn sie damit beginnen könnten, freie Wissenschaftler vor Gericht zu stellen und erschießen zu lassen, sobald es ihnen zweckmäßig erscheint, das glaube ich auch«, unterstützte ihn Farida Khouroglu. »In wenigen Jahren wäre keiner mehr vor ihrer Willkür sicher.«

»Aber«, rief Suzanne erregt, »aber Sie wollen doch nicht andeuten, daß dieser gemeine Mensch uns einfach verraten darf, ohne dafür bestraft zu werden?«

»Ich schlage vor«, sagte Rudolf von Heldenfeld, »wir geben ihm seine Pistole und eine Patrone, damit er sich wie ein Gentleman selbst aus der Affäre ziehen kann. Er kann sich auf diese Weise die Demütigungen der Gerichtsverhandlung und der Hinrichtung ersparen und uns allen die Schande, einen Mitarbeiter zu haben, der als Verräter angeprangert wird.«

»Das ist mal wieder so ein typisch preußischer Vorschlag«, sagte Lowiewski nur.

Kato Sugihara, der gerade zurückkam, sah sich um.

»Habe ich etwas Interessantes versäumt?« fragte er.

»Und ob«, klärte Lowiewski ihn auf. »Ihr Freund, der preußische Junker, meint, ich sollte Harakiri begehen.«

Kato nickte. »Eine ausgezeichnete Idee!« Er gratulierte von Heldenfeld. »Wenn er das tut, wird er allen eine Menge Ärger ersparen. Sich selbst genauso.« Er nickte nochmals. »Wenn er das tut, können wir sein Ansehen nach dem Tode erhalten.«

»Eben, denn der Fahrer war in diesem Falle dann eben Spion und Kurier in einer Person«, sagte MacLeod. »Die Informationen, die er übermittelt hat, erhielt er Stück für Stück von unzuverlässigen Laborarbeitern, die unserem Team zugeteilt sind. Wir werden natürlich Untersuchungen anstellen und so weiter und so weiter, kein Stein wird vorhanden sein, den wir nicht umdrehen, Disziplinarverfahren und was es noch alles gibt.«

»Und ich vermute, er hat auch diesen Mikrofilm Stück für Stück bekommen, wie?« fragte Lowiewski.

»Oh, der?« MacLeod zuckte mit den Achseln. »Der wurde ihm zugesteckt. Eines unserer Mädchen hat ihm Gelegenheit gegeben, ihn ihr zu stehlen, nachdem wir gegen ihn Verdacht geschöpft hatten. Natürlich hat Kato vorsorglich alles verfälscht, was in diesem Bericht steht. Als Information ist er wertlos.«

»Wertlos? Er ist viel besser als das«, grinste Kato. »Ich würde es wirklich bedauern, wenn die Sowjets ihn nicht erhalten würden. Sie würden sicher Versuche anstellen. Eine tausendstel Sekunde, nachdem sie ihr Betatron eingeschaltet hätten, würde Smolensk schlimmer aussehen als Hiroshima damals.«

»Nun, und weshalb sollte unser verehrter Kollege ausgerechnet zu diesem Zeitpunkt Selbstmord begehen?« fragte Karen Hilquist.

»Vielleicht wegen einer Plutoniumvergiftung«, schlug Farida vor. »Er hatte etwas im Labor zu tun und brachte etwas davon auf seine Haut. Da wäre es weniger schmerzhaft, sich zu erschießen, als die Folgen dieses Unfalls zu ertragen. Also —«

»Oh, meine Liebe!« protestierte Suzanne. »Das stinkt aber wirklich! Der große Lowiewski soll von seinem Podest reiner Mathematik herabgestiegen sein, um einen ganz gewöhnlichen Laborversuch zu machen? Mit tatsächlichen, körperlich vorhandenen Dingen?« Die Französin schüttelte sich in einem übertriebenen

Schaudern. »Keine Horrorgeschichten, bitte!« sagte sie noch.

»Außerdem, wenn schon unsere Leute damit beginnen, sich radioaktive Verletzungen zuzuziehen, wird sich sicher jemand finden, der behauptet, wir würden die Sicherheit des ganzen Instituts gefährden. Dann wären die nationalen Sicherheitsbestimmungen verletzt, und irgend jemand würde den lieben Verblichenen mit einem Geigerzähler überprüfen«, fügte Sir Neville hinzu.

»Nervenzusammenbruch«, sagte Karen. »Nach Meinung der Laien sind alle Wissenschaftler verrückt. Verrückte töten sich selbst, nur sie begehen Selbstmord. Adam Lowiewski war ein Wissenschaftler. Infolgedessen hat Adam Lowiewski Selbstmord begangen. Nebenbei ist ein Nervenzusammenbruch instrumental nicht nachweisbar.«

Heym ben Hillel sah MacLeod mit traurigen Augen an.

»Aber Dunc«, fragte er, »haben wir das Recht, ihn zu töten, gleichgültig ob durch den Henker der Armee oder durch eigene Hand?« Er machte eine kurze Pause, dann fuhr er fort: »Denken Sie daran, daß er nicht nur ein Verräter ist. Er ist auch einer der größten Mathematiker unserer Zeit. Haben wir das Recht, dieses Genie zu töten?«

Von Heldenfeld stieß einen Schrei aus und schlug mit der Faust auf den Tisch. »Mir ist es ganz egal, ob er Gauß und Riemann und Lorenz und Minkowski und Whitehead und Einstein in einer Person ist! Dieser Mann ist ein Verräter, nicht nur uns gegenüber, sondern gegenüber allen Wissenschaftlern und Wissenschaften! Wenn er sich nicht selbst erschießt, liefern Sie ihn an die Vereinigten Staaten aus und lassen Sie ihn erschießen! Warum streiten wir uns denn überhaupt darüber?«

Lowiewski lächelte jetzt. Die panische Angst, die ihn auf dem Flur ergriffen hatte und die Verzweiflung, als die Zigarettenpakkung geöffnet wurde, waren von ihm gewichen.

»Darf nun ich einmal einen bescheidenen Vorschlag machen, der Ihre Schwierigkeiten beheben könnte«, sagte er. »Außerhalb der Reservation habe ich alles, was ich brauchen werde: Geld, Kleidung, Papiere. Ich schlage vor, Sie lassen mich einfach weggehen. Wenn es dann irgendwelchen Ärger gibt, können Sie immer noch diese Scheingeschichte von einem ungetreuen Untergebenen benützen, ohne die gänzlich unnötige Verbrämung mit meinem Selbstmord.«

Rudolf von Heldenfeld stieß einen unartikulierten Wutschrei aus. Einen Augenblick lang brachte er kein Wort heraus. Dann sprang er auf.

»Seht ihn euch an!« rief er. »Seht ihn euch an! Er lacht uns frech ins Gesicht, weil er uns für Dummköpfe und Narren hält!« Er streckte MacLeod seine Hand hin. »Geben Sie mir die Pistole! Er braucht sich nicht selbst zu erschießen; ich werde es für ihn tun!«

»Das wäre gut, Dunc. Wirklich, das wäre eine Lösung«, drängte Heym ben Hillel.

»Nein«, widersprach Karen Hilquist. »Wenn wir ihn einfach laufen lassen«, sagte sie, ohne auf von Heldenfeld einzugehen, »würde jedermann wissen, was passiert ist, und wir würden angeklagt, ihn begünstigt zu haben. Wenn er sich selbst tötet, können wir die Sache vertuschen. Nur tote Verräter sind gute Verräter. Wenn er jedoch am Leben bleibt, müssen wir uns von ihm distanzieren und ihn ausliefern.«

»Und damit das Prestige des Teams zerstören?« fragte Lowiewski.

»Sie werden das jedenfalls nicht mehr erleben und mit ansehen müssen!« wies ihn Suzanne zurecht, immer noch sehr erregt.

Heym ben Hillel stützte seine Ellbogen auf den Tisch und den Kopf in die Hände. »Gibt es denn gar keine Lösung, die für alle annehmbar und zweckmäßig wäre?« klagte er.

»Doch. Eine ganz klare Lösung«, sagte MacLeod und stand auf. »Rudolf hat sie eben dargestellt. Nur bin ich der Führer dieses Teams, und es gibt selbstverständlich Aufgaben, die ein Teamführer keinem anderen übertragen darf, sondern selbst auszuführen hat.«

Bei diesen Worten schnappte der Sicherheitsflügel der Beretta.

»Nein!« Das Wort platzte aus Lowiewskis Mund heraus. Er war ebenfalls aufgesprungen; auf seinem Gesicht stand plötzlich verzweifelte Angst.

»Nein, Sie werden mich nicht ermorden!« schrie er.

»Der richtige Ausdruck heißt exekutieren, mein Herr«, korrigierte ihn MacLeod. Dann hob er seinen Arm und schoß Adam Lowiewski durch die Schläfe.

Einen Augenblick lang blieb der Pole aufrecht stehen. Dann gaben seine Knie nach, er fiel nach vorn gegen den Tisch und zu Boden.

MacLeod ging hinter Kato Sugihara und Farida Khouroglu und Heym ben Hillel um den Tisch und sah auf den Mann herab, den er getötet hatte. Er legte die Pistole ein paar Zentimeter neben die ausgestreckte Rechte des Verräters, dann wendete er sein Gesicht den übrigen zu.

»Ich bedaure«, sprach er sie förmlich an, Gesicht und Stimme ohne jeden Ausdruck irgendeines Gefühls, »Ihnen mitteilen zu müssen, daß unser verehrter Kollege, Dr. Adam Lowiewski, Selbstmord durch Erschießen begangen hat; offensichtlich Nervenzusammenbruch infolge Überarbeitung.«

Sir Neville Lawton sah kritisch auf die am Boden liegende Gestalt.

»Sie haben ihn aus etwa zwei Meter Entfernung erschossen. Es befinden sich keine Verbrennungen am Einschuß in seiner Schläfe.«

»Ach richtig. Ich habe vergessen«, aus MacLeods Stimme sprach jetzt höhnische Zerknirschung, »Ihnen noch mitzuteilen, daß es der ausdrückliche Wunsch von Dr. Lowiewski war, daß seine sterblichen Überreste so rasch als möglich nach seinem Tode verbrannt werden sollten. Die Beerdigungsfeierlichkeiten sollten über seiner Asche gehalten werden. Ich glaube, der große elektrische Schmelzofen im metallurgischen Labor wird für die Einäscherung ausreichen.«

»Aber es wird ... allerhand Formalitäten geben«, protestierte der Engländer.

»Jetzt vergessen Sie unseren Kontrakt«, erinnerte ihn MacLeod. »Wir stehen unter vertraglich festgesetzter Immunität. Wir würden keine lästige bürokratische Einmischung in die letzten Wünsche unseres verstorbenen Kollegen dulden. Wir haben einen Arzt unter unseren Angestellten, für den Fall, daß jemand eine Todeserklärung braucht, um glücklich zu sein, aber davon abgesehen —« Er zuckte mit den Schultern.

»Und trotzdem macht es mich ganz rasend!« rief Suzanne Maillard. »Wenn erst das Raumschiff gebaut ist und der Mond von der westlichen Union erobert wurde, wird es öffentliche Aufregung und Aufmerksamkeit geben. Und bei dieser Gelegenheit werden die Menschen auch diesen Judas loben und preisen!«

Heym ben Hillel, der bis jetzt MacLeod erschrocken angestarrt hatte, stand auf.

»Nun, warum auch nicht? Ist Lowiewski nicht der Schöpfer der Funktionstransformation und der Inversionsmöglichkeiten und als solcher der Anerkennung würdig?« Er wendete sich MacLeod zu. »Ich hätte nicht tun können, was Sie getan haben, aber vielleicht war es wirklich das Beste. Der Verräter ist tot, der Mathematiker wird für immer leben.«

»Sie gehen am Kern der Frage vorbei«, sagte MacLeod. »Sie beide tun das. Es war keine Frage der Rache wie bei Gangstern, die einen Verräter, der sie aufs Kreuz gelegt hat, liquidieren. Und es ging auch nicht darum, Lowiewski für die Nachwelt reinzuwaschen. Wir sind das MacLeod-Forschungsteam. Wir haben weder eine dauernde Treuepflicht, noch sind wir zur Anerkennung irgendeiner nationalen Souveränität gegenüber einem Staat oder einem Staatenbündnis verpflichtet. Wir arbeiten mit nationalen Regierungen als Gleichberechtigte zusammen. Infolgedessen müssen wir unsere eigenen Gesetze haben und durchsetzen.« Er räusperte sich und fuhr fort:

»Sie müssen sich darüber klar sein, daß dieser Status von den einzelnen Regierungen nur geduldet wird. Die einzelnen Staaten tolerieren die freien Wissenschaftler nur, weil sie uns brauchen und weil sie wissen, daß sie uns vertrauen können. Nun, glauben Sie mir, daß nicht ein einziger Angehöriger einer Regierung durch die Geschichte, die wir verlauten lassen werden, auch nur einen Augenblick lang getäuscht werden wird. Man wird sich völlig darüber im klaren sein, daß Lowiewski ein Verräter war und daß wir das herausgefunden und ihn deshalb zum Tod verurteilt und das Urteil selbst vollstreckt haben. Und als Folge wird man dieses Team anerkennen als ein Team, dem man völlig vertrauen kann. Und daß dann, wenn irgendein Teammitglied sich als nicht vertrauenswürdig herausstellt, es ohne öffentlichen Skandal sofort beseitigt wird.

Mit anderen Worten«, fuhr er fort, »man wird von jetzt an erkennen, daß das MacLeod-Team, meine Damen und Herren, den Status verdient, dessen es sich erfreut, und der Verantwortung, die damit verbunden ist, in vollem Umfang gewachsen ist.«

Originaltitel: THE MERCENARIES

Aus ASTOUNDING SCIENCE FICTION März 1950

GENESIS

1

An Bord des Raumschiffes gab es weder Tag noch Nacht. Die Stunden gingen ruhig vorüber, genauso ruhig, wie die Sternbilder auf den Bildschirmen in der Dunkelheit des Alls vorbeizogen, durch das sie flogen. Nur für die Besatzung hatte die Zeit eine gewisse Bedeutung, weil sie nämlich eine Wache Dienst und dann zwei frei hatte. Aber für die rund tausend Kolonisten, die die Vorhut der Einwanderer auf einen neuen, freundlicheren Planeten sein sollten, hatte sie keine Bedeutung. Sie schliefen, spielten, lösten selbsterfundene Aufgaben und schliefen wieder, während das riesige Raumschiff seiner vorbestimmten Bahn folgte.

Kalvar Dard, der Armeeoffizier, der sie in der neuen Heimat zu führen hatte, hatte ebensowenig zu tun wie seine Gefolgsleute. Die Schiffsoffiziere hatten die gesamte Verantwortung während der Dauer der Reise, und so hatte er, zum erstenmal seit mehr als fünf Jahren, weder etwas zu tun noch irgendeine Verantwortung. Er begann allmählich die ungewohnte Untätigkeit ermüdender zu empfinden als die hektische Arbeit, die ihm das Beladen und Ausrüsten des Schiffes vor dem Start von Doorsah gemacht hatte. Immer wieder ging er die Lande- und Sicherheitspläne durch und konnte keinen Notfall entdecken, für den man nicht vorbereitet war. Dard wanderte durch das Schiff, sprach mit verschiedenen Gruppen der Kolonisten und fand die allgemeine Moral sogar weit besser, als er erwartet hatte. Er verbrachte Stunden vor den nach vorne gerichteten Bildschirmen und beobachtete, wie die Scheibe von Tareesh, dem Planeten, der der Bestimmungsort des Schiffes war, immer größer und deutlicher ins Bild kam.

Jetzt, wo die Reise beinahe zu Ende war, befand er sich im Frachtraum unmittelbar hinter Schott Nummer sieben. Sechs Mädchen halfen ihm dabei, Funktion und Zustand der Geräte und des Materials zu überprüfen, das man unmittelbar nach der Landung benötigen würde. Das Gerät war zwar bereits zwei oder dreimal überprüft worden, aber es konnte nicht schaden, es noch einmal durchzugehen. Außerdem war es eine nützliche Beschäftigung, um die Zeit auszufüllen. Und außerdem gab es Kalvar Dard einen Grund, sich mit einem halben Dutzend hübscher Mädchen zu umgeben, und auch die Mädchen schienen sich darüber zu freuen, bei ihm zu sein. Da war die große blonde Olva, Fachkraft für elektromagnetische Geräte; die freche kleine Varnis,

Assistentin des Maschinisten; Kyna, die Arzthelferin; dann die dunkelhaarige Analea; Dorita, die Buchhalterin, und schließlich die pummelige kleine Eldra, die Waffentechnikerin. Im Augenblick saßen sie alle um den großen Schreibtisch in der Ecke des Lagerraums herum und überprüften die Bestände noch einmal, wenn sie nicht gerade einfach tratschten.

»Nun, wie sieht es mit den Felsbohrgestängen aus?« fragte Dorita eben, um beim sachlichen Gespräch zu bleiben. »Werden wir dieses Bohrgerät nicht sofort brauchen, wenn wir vom Schiff sind?«

»Ja, wir werden behelfsmäßige Lager für unsere Sprengstoffe, Kleinwaffen und die Artilleriemunition in Hügel graben müssen. Ebenso Höhlen für unser Atomspaltgerät und die radioaktiven Stoffe, klar«, antwortete Kalvar Dard. »Wir werden für dieses Material sichere Lagerungsmöglichkeiten fertigstellen müssen, bevor sie ausgeladen werden können. Und wenn wir dicht unter der weichen Oberfläche auf hartes Gestein stoßen, werden wir Bohrlöcher für Sprengungen niederbringen müssen.«

»Das Bohrgerät hat in einem dieser vorfabrizierten Schuppen Platz«, überlegte Eldra. »Werden auch das Bohrgestänge und die vielen Bohrköpfe noch hineinpassen?«

Kalvar Dard zuckte mit den Achseln. »Vielleicht. Wenn nicht, schneiden wir uns Pfähle zurecht und bauen dafür im Freien Gestelle. Bohrstangen und Köpfe sind aus nichtrostendem Material und können im Freien gelagert werden.«

»Hoffentlich gibt es Holz zum Bauen«, fügte Olva hinzu.

»Darüber mache ich mir keine besonderen Sorgen«, erwiderte Kalvar Dard. »Wir haben ziemlich genaue Vorstellungen über die Verhältnisse auf Tareesh. Unsere Astronomen haben mit ihren Teleskopen während der vergangenen fünfzehnhundert Jahre Beobachtungen angestellt. Der Planet hat eine ausgedehnte arktische Eiskappe, die sich jedoch allmählich zurückzieht. Südlich davon erstreckt sich ein breiter Gürtel, den man für offenes Grasland hält, und weiter südlich davon befindet sich, wie man annimmt, ein Gürtel von immergrünem Wald. Es ist vorgesehen, irgendwo auf der nördlichen Hemisphäre zu landen, etwa an der Grenze zwischen Grasland und Waldzone. Und da Tareesh reicher an Wasser als Doorsah ist, dürft ihr euch das Grasland nicht wie unsere Ebenen mit ihrem harten, drahtigen Gras vorstellen und die Wälder nicht wie unsere Buschdickungen. Die Vegetation dürfte viel üppiger sein.«

»Wenn es da so eine große Eiskappe gibt, werden die Sommer

wohl ziemlich kühl und die Winter sehr kalt sein«, überlegte Varnis. »Ich könnte mir vorstellen, daß das auf das Vorhandensein von Pelztieren hinweist. Oberst, da werden Sie mir wohl etwas mit einem schönen, weichen Fell schießen müssen. Ich mag Pelze.«

Kalvar Dard lachte. »Ich werde gar nichts schießen für Sie; Sie werden sich Ihre Pelze selber schießen müssen. Ich habe Ihre Leistungen mit Karabiner und Pistole gesehen.«

Es gab einen plötzlichen Luftzug, der die Papiere auf dem Schreibtisch durcheinanderwirbelte. Alle drehten die Köpfe in die Windrichtung und sahen, daß eine der Schleusen zu einem Lagerraum der Raketenboote offenstand. Ein junger Luftwaffenleutnant namens Seldar Glav, der bei ihnen auf Tareesh bleiben würde, kam eben durch die Schleuse in ihren Raum.

»Erzählen Sie mir nicht, daß Sie mit einem solchen Ding eben mal zur Tareesh und wieder zurückgeflogen sind«, begrüßte ihn Olva.

Seldar Glav lachte ihr zu. »Ich hätte dort sein können, nebenbei. Wir sind nur noch zwanzig planetarische Längeneinheiten von Tareesh entfernt. Bis zur Mitte der nächsten Wache dürften wir die Atmosphäre von Tareesh erreichen. Aber ich habe nur die Boote noch mal überprüft, um sicher zu gehen, daß sie startklar sind . . . Oberst Kalvar, würde es Ihnen etwas ausmachen, mal hier herüber zu kommen? Es gibt da etwas, was Sie sich meiner Meinung nach ansehen sollten, Sir.«

Kalvar Dard nahm einen Arm von Analeas Hüfte und den anderen von Varnis' Schulter, kam hinter dem Schreibtisch hervor und folgte Glav in den Bootsraum. Nachdem sie durch die Luftschleuse gestiegen waren, verschwand die Fröhlichkeit aus dem Gesicht des jungen Leutnants.

»Ich wollte vor den Mädchen nichts sagen, Sir«, begann er, »aber ich habe die Boote nur überprüft, um mich davon zu überzeugen, daß wir einen ganz schnellen Start durchführen können. Unser Meteor-Abwehrgerät funktioniert nicht mehr. Die Detektoren sind so tot wie die vierte Dynastie, und die Abwehrdüsen lassen sich nicht synchron schalten. Haben Sie den schweren Schlag vor etwa einer halben Stunde wahrgenommen, Oberst?«

»Ja, aber ich dachte, daß die Labormannschaft des Schiffes irgendwelche schweren Gegenstände im Nachbarraum umstellen würde. Was war es? Ein Meteoreinschlag?«

»Jawohl, Sir, das war es. Unmittelbar hinter Schott zehn. Ein Meteor ungefähr von der Größe des Bugs eines unserer Raketenboote.«

Kalvar Dard ließ ein leises Pfeifen hören. »Allmächtiger Himmel! Die Detektoren müssen völlig versagt haben, wenn etwas von dieser Größe durchkommt ... Warum wurde keine Warnung durchgegeben?«

»Captain Vlasil wollte keine Panik aufkommen lassen, Sir«, antwortete der Luftwaffenoffizier. »Tatsächlich handle ich bereits gegen meinen Befehl, indem ich die Sache Ihnen gegenüber erwähne, aber ich dachte, Sie müßten es doch wissen ...«

Kalvar Dard fluchte. »Es ist ein Jammer, daß Captain Vlazil nicht einmal zu denken versucht! Goldbetreßter Schwachkopf! Vielleicht gerät seine Mannschaft in Panik, meine Leute jedenfalls nicht ... ich werde mal den Kontrollraum anrufen und ihm den Kopf waschen. Bei allen zehn Göttern, das geht zu weit ...«

Er lief durch die Luftschleuse zurück in den Lagerraum und auf das Bordtelefon neben dem Schreibtisch zu. Bevor er es erreichte, erschütterte ein neuer schwerer Schlag das ganze Schiff. Er und Seldar Glav, ebenso die sechs Mädchen, die aufgestanden waren, als sie die zornige Stimme ihres Vorgesetzten gehört hatten, lagen alle über und untereinander auf dem Boden. Dard sprang auf und zog Kyna mit auf die Beine. Miteinander halfen sie den übrigen, aufzustehen. Das Raumschiff war plötzlich von schrillen Glockenläuten erfüllt, und die roten Gefahrenlampen an der Decke blinkten ununterbrochen.

»Achtung! Achtung!« Die Stimme irgendeines Schiffsoffiziers im Kontrollraum plärrte laut aus dem Bordlautsprecher. »Das Schiff ist eben von einem großen Meteor getroffen worden! Alle Abteile zwischen den Schotts zwölf und dreizehn sind hermetisch abgeriegelt. Alle Personen zwischen Schott zwölf und dreizehn Sauerstoffhelme aufsetzen und die Helmsprechgeräte an den nächsten Wandstecker anschließen! Ihre Luft entweicht, und Sie können nicht aus den Abteilen, aber es wird Ihnen nichts passieren, wenn Sie sofort die Sauerstoffausrüstung anlegen. Wir werden Sie sobald als möglich herausholen. Außerdem befinden wir uns nur mehr ein paar Stunden vom Atmosphärengürtel Tareeshs entfernt. Alle Personen in Abteil zwölf! Legen Sie ...«

Kalvar Dard fluchte böse. »Jetzt ist's passiert! Jetzt ist's endgültig passiert! ... Ist sonst noch jemand in diesem Abteil unterhalb des Wohndecks?«

»Nein, wir sind die einzigen«, klärte ihn Analea auf.

»Die Leute oben haben ihre eigenen Boote. Sie können sich selbst helfen. Ihr Mädchen —, rein in dieses Boot, los schon, los! Glav, Sie versuchen die Leute oben zu warnen ...«

Ein neuer Schlag, noch schwerer als der vorhergegangene, warf sie alle wieder zu Boden. Als sie sich hochrappelten, kam eine andere Stimme über die Bordsprechanlage:

»Alle Mann von Bord! Alle Mann von Bord! Die Konverter zünden in Gegenrichtung, Raketenbrennstoff läuft in die Maschinenräume zurück! Höchste Explosionsgefahr! Alles von Bord! Alles von Bord!«

Kalvar Dard und Seldar Glav schnappten sich die Mädchen und warfen sie buchstäblich durch die Luftschleuse in das Raketenboot. Dard stieß Glav hinein und hechtete dann selbst ins Boot. Bevor er wieder auf die Beine kam, waren schon zwei oder drei Mädchen an der Schleuse und schraubten die Sperriegel fest.

»In Ordnung, Glav, schießen Sie los!« befahl Dard. »Wir müssen wenigstens hundert Meilen vom Schiff weg sein, wenn es explodiert, oder wir gehen mit in die Luft!«

»Als ob ich das nicht wüßte!« antwortete Clav über die Schulter gewandt und überprüfte in rasender Eile die Instrumente.

»Alle irgendwo festhalten — mit aller Kraft! Ich werde die Raketen gleichzeitig zünden!«

Einen Augenblick später war das Boot aus der Kammer herausgeschossen, Kalvar Dard und die Mädchen klammerten sich an Streben und festgemachte Geräte. Als Dards Kopf wieder klar wurde, flog das Boot bereits im freien Raum.

»Na, wie war das?« rief Glav. »Alles in Ordnung?« Er zögerte einen Augenblick. »Ich glaube, ich war etwa zehn Sekunden lang bewußtlos.«

Kalvar Dard sah seine Mädchen an. Eldra benützte ein Stück ihres Hemdes, um ihr Nasenbluten zu stillen, und Olva hatte eine Beule über einem Auge. Im übrigen waren alle in guter Verfassung.

»Ist ein Wunder, daß wir alle nicht für ewig hinüber sind«, sagte er. »Also dann, Bildschirme einschalten, damit wir sehen können, was draußen vorgeht. Olva, schalte das Radio ein und versuche ’rauszubekommen, ob sonst noch jemand davongekommen ist.«

»Kurs auf Tareesh?« fragte Glav. »Wir haben nicht genug Brennstoff, um es zurück nach Doorsha zu schaffen.«

»Das hatte ich befürchtet«, nickte Dard. »Dann nach Tareesh. Nördliche Halbkugel, Tagesseite. Versuch ungefähr die wärmere Zone zu erreichen, so nahe am Wasser als du kannst . . .«

Das ungeheuerliche Erlebnis der letzten Minuten hatte das offizielle »Sie« ausgelöscht, ohne daß es ihnen bewußt geworden war.

2

Es riß sie wieder von den Füßen, diesmal fielen sie der Länge nach rückwärts auf den Boden des Bootes. Seldar Glav schüttelte den Kopf. »Das Raumschiff ist explodiert«, sagte er. »Die Druckwelle muß uns am Heck erwischt haben.«

»Verstanden.« Kalvar Dard rieb sich die angeschlagene Stirn. »Nimm Kurs auf Tareesh und schalte dann die Triebwerke ab, bis wir landen wollen. Und macht endlich die Bildschirme an. Ich möchte sehen, was passiert ist.«

Die Bildschirme begannen erst zu glühen, dann kam die volle Sicht. Der Planet, auf dem sie landen wollten, lag jetzt in riesiger Größe vor ihnen. Sein Nordpol war ihnen zugewandt, sein einziger Satellit befand sich auf der Steuerbordseite. Auf den beiden Seitenschirmen war kein Zeichen eines anderen Bootes zu sehen, und auf dem rückwärtigen Bildschirm konnte man nur die Flammen der Triebwerke beobachten.

»Schalte doch endlich die Raketen ab, Glav«, wiederholte Dard, »hast du mich nicht verstanden?«

»Aber ich hab's doch getan, Sir!« Unvermittelt verfiel Glav wieder in den militärischen Ton. Er zeigte auf das Armaturenbrett. Dann blickte er auf den rückwärtigen Bildschirm. »Alle guten Geister stehen uns bei! Gelbe Flammen! Die Raketen brennen aus!«

Es war keine leere Prahlerei, als Kalvar Dard gesagt hatte, seine Leute würden nicht in Panik verfallen. Die Mädchen wurden zwar alle weiß im Gesicht, ein oder zwei gaben auch leise einen kurzen Schreckenslaut von sich, aber das war alles.

»Und was passiert jetzt?« wollte Analea wissen. »Explodieren wir auch?«

»Ja, sobald das Feuer durch die Brennstoffleitung zu den Tanks zurückschlägt, dann wird's passieren.«

»Kannst du noch vorher auf Tareesh landen?« fragte Dard.

»Ich kann's versuchen. Wie wär's mit dem Satelliten. Er ist näher.«

»Er ist aber auch ohne Atmosphäre. Sieh ihn dir an, und du wirst es selbst feststellen«, erklärte Kalvar Dard. »Nicht genug Masse, um eine Lufthülle festzuhalten.«

Glav sah den Heeresoffizier mit neuem Respekt an. Er war immer geneigt gewesen, die Infanteristen für eine Bande von wissenschaftlichen Analphabeten anzusehen, als einen Verein von Messer- und Pistolenhelden. Er machte sich eine Weile an den Instrumenten auf dem Armaturenbrett zu schaffen. Der Computer stellte die Entfernung zum Planeten fest, die Geschwindigkeit des Bootes und die bis zur Landung noch benötigte Zeit.

»Wir haben eine Chance, Sir«, sagte er. »Ich nehme an, daß ich das Boot in dreißig Minuten auf Grund setzen kann. Das dürfte uns zehn Minuten Zeit geben, vom Boot wegzukommen, bevor es in die Luft geht.«

»In Ordnung. Beeilt euch, Mädchen«, sagte Kalvar Dard. »Nehmt alles mit, was wir brauchen. Waffen und Munition in erster Linie. Alles, was ihr davon im Boot finden könnt. Dann warme Kleidung, Bettzeug, Werkzeug und Nahrungsmittel.«

Und schon riß er einen der Schränke auf und begann Waffen herauszuholen. Er schnallte sich einen Pistolengurt um und steckte einen Dolch in einen der Schlitze. Den Mädchen hinter ihm händigte er ebenfalls Waffengurte aus. Er fand zwei schwere Großwildgewehre und einige Patronengurte mit Munition dafür. Dann warf er eine ganze Anzahl von Karabinern heraus und Schachteln mit Munition dazu. Er fand zwei Säcke, aus denen jeder sechs Handgranaten und eine schwere Zerstörungsbombe erhielt.

Bei gelegentlichen kurzen Blicken auf den vorderen Schirm sah er blauen Himmel und grüne Ebenen unten auf dem Planeten. »Aufgepaßt!« rief der Pilot. »Wir setzen zur Landung an! Ein paar von euch neben die Tür, und sofort die Verriegelung auf!«

Es gab einen kurzen Stoß, und alles Gefühl von Bewegung war zu Ende. Eine Wolke von weißem Rauch zog an den Bildschirmen vorbei. Die Mädchen öffneten die Ausstiegsluke. Mit umgehängten Waffen und dem in das Bettzeug gebündelten übrigen Material kletterten sie aus dem Boot.

Draußen brannte es. Das Boot war auf einer grasbewachsenen Ebene gelandet. Jetzt begann das Gras infolge der Hitze der Raketen zu brennen. Einer nach dem anderen rannte zum Bug des Bootes, sprang hinunter und lief aus dem Bereich des Feuers. Und dann rannten sie mit aller Kraft, die in ihnen war, weg von dem Boot.

Der Boden war uneben, das Gras hoch und hinderte beim Laufen. Eines der Mädchen stolperte und fiel. Ohne Aufenthalt zogen zwei andere es hoch, eine andere schnappte sich den Karabiner, den es hatte fallen lassen, hängte ihn um und rannte weiter. Dann sah Kalvar Dard vor sich ein tief eingeschnittenes Bachbett, in dem ein kleiner Bach floß.

Sie kauerten sich am Ufer des Baches in dem tiefen Graben nieder und warteten, wie es ihnen schien, eine ganze Ewigkeit.

Dann lief ein leichtes Zittern durch den Boden und schwoll zu einem grollenden, schrecklichen Getöse an. Ein beinahe körperlich fühlbares Donnern fegte über sie hinweg, und ein blauweißer Blitz, heller als das Sonnenlicht, blendete sie. Das donnernde Getöse, das Beben und das sengende Licht gingen nicht mit einem Schlag vorüber. Sie hielten sekundenlang an. Erde und Steine fielen um sie herum nieder. Es staubte schrecklich. Dann waren der Donner und das Erdbeben vorüber. Über ihnen wirbelte glühender Staub, der sich in der Höhe zu einer dunklen Schicht von Rauch und Staub verdichtete.

Eine ganze Weile lang blieben sie bewegungslos zusammengekauert sitzen, zu betäubt, um zu sprechen. Dann allmählich beruhigten sich die Nerven, und die Erschütterung wich langsam. Ziemlich schwach und mitgenommen standen sie auf. Durch das Beben ausgelöst, liefen noch immer kleine Rinnsale aus Erde die steile Grabenböschung hinunter. Der Bach, dessen Wasser vorher klar gewesen war, floß jetzt trüb vom Schlamm dahin. Mechanisch wischte Dard den Schmutz von seinen Kleidern und sah nach seinen Waffen.

»Und das war jetzt nur der Brennstofftank eines kleinen Raketenboots der Klasse drei«, sagte er. »Ich frage mich, was das für eine Explosion auf dem Mutterschiff gewesen ist.« Er dachte einen Augenblick nach, bevor er fortfuhr: »Glav, ich glaube zu wissen, weshalb unsere Raketen ausbrannten. Unser Heck wies auf das Mutterschiff, als es explodierte. Der Explosionsdruck hat die Flamme unserer Raketen durch die Turbinen zurückgeschlagen.«

»Glaubst du, daß die Explosion von Doorsha aus beobachtet worden ist?« fragte Dorita, die sich mehr für die praktischen Gesichtspunkte ihrer Lage interessierte. »Die vom Mutterschiff, meine ich. So wie es jetzt steht, haben wir selbst keine Kommunikationsmittel mehr.«

»Oh, das würde ich nicht bezweifeln. Die Observatorien rund um den Planeten haben schließlich unser Raumschiff beobachtet«, sagte Kalvar Dard. Wahrscheinlich weiß man inzwischen alles, was passiert ist. Aber wenn irgendeiner von euch an eine Chance zu unserer Rettung denken sollte, so vergeßt das. Wir sitzen hier fest.«

»Das stimmt. Innerhalb von fünfzig Millionen Meilen gibt es kein anderes menschliches Wesen«, sagte Seldar Glav. »Und unser Raumschiff war das erste und einzige, das je gebaut wurde. Man hat für den Bau fünfzig Jahre benötigt, und selbst wenn man zwanzig abzieht, die für Forschungen gebraucht wurden und bei einem Neubau wegfielen, könnt ihr euch vorstellen, wann wir ein neues Schiff erwarten dürften.«

»Die Antwort darauf ist klar und einfach: nie! Das Schiff ist im Weltraum explodiert, fünfzig Jahre Arbeit und fünfzehnhundert Menschen weg, einfach so!« Kalvar Dard schnippte mit Daumen und Mittelfinger. »Infolgedessen wird man jetzt mit Hilfe von Bewässerungsanlagen riesigen Ausmaßes versuchen, Doorsha für ein paar weitere tausend Jahre bewohnbar zu erhalten und die Einwanderungspläne auf Tareesh vergessen.«

»Nun, vielleicht werden dann in ein paar hunderttausend Jahren unsere Nachkommen ein Raumschiff bauen und nach Doorsha fliegen«, überlegte Olva.

»Unsere Nachkommen?« Eldra sah sie verwundert an. »Du meinst, daß wir . . .?«

Kyna lachte. »Eldra, du bist doch wirklich ein Unschuldslamm! Alles, was nicht mit Waffentechnik, Munition und dergleichen zu tun hat, ist für dich tabu. Hast du eigentlich schon einmal bemerkt, daß du eine Frau bist?« fragte Kyna. »Weshalb glaubst du, daß die Zahl der Frauen bei dieser Expedition mit sieben zu fünf die der Männer überwog und weshalb so viele Geburtshelferinnen und Kinderärzte beim medizinischen Stab waren? Weil wir ausgesandt wurden, eine menschliche Bevölkerung auf Tareesh zu gründen, verstehst du? Nun, jetzt sind wir hier.«

»Ja, aber . . . werden wir denn immer nur . . .?« begann Varnis. »Werden wir jemals andere Menschen sehen oder etwas anderes tun, als nur so zu leben wie Tiere, ohne Maschinen oder Autos und Flugzeuge, ohne Häuser oder solche Dinge?« Dann begann sie zu schluchzen.

Analea, die eben dabei war, einen Karabiner zu reinigen, der bei der Explosion schmutzig geworden war, legte die Waffe weg und ging zu Varnis. Sie legte einen Arm um das Mädchen und beruhigte es. Kalvar Dard hob den Karabiner auf.

»Und jetzt«, sagte er, »haben wir zwei schwere Jagdgewehre, sechs Karabiner und acht Pistolen und dazu diese beiden Säcke mit Bomben. Wieviel Munition, einschließlich der in euren Gürteln, haben wir genau?«

Sie machten Inventur, wobei sich sogar Varnis beteiligte, wie Dard das gehofft hatte. Sie hatten über zweitausend Schuß Pistolenmunition, etwas mehr als fünfzehnhundert für die Karabiner und vierhundert für die beiden schweren Jagdgewehre. Zuletzt noch die beiden Säcke mit Handgranaten und den schweren Bomben. Es war auch etwas Ersatzkleidung vorhanden, meist Weltraumunterkleidung, genug Schlafanzüge, eine Handaxt, zwei Taschenlampen, einen Verbandskasten und drei Atomfeuerzeuge. Jeder hatte ein Kampfmeser. Für etwa eine Woche war Konservennahrung vorhanden.

»Wir werden sofort nach Wild und eßbaren Pflanzen suchen müssen«, überlegte Glav. »Ich vermute, daß es Wild irgendwelcher Art gibt. Aber unsere Munition wird auf die Dauer nicht ausreichen.«

»Wir werden damit so sparsam als möglich umgehen müssen, damit sie möglichst lange reicht. Aber vor allem müssen wir sofort damit beginnen, Behelfswaffen herzustellen«, erklärte Dard. »Wurfspeere und Wurfäxte. Wenn wir Metall finden sollten oder irgendein bekanntes Erzgestein, das wir schmelzen können, werden wir es dazu benützen. Wenn nicht, werden wir behauenen Stein verwenden. Wir können auch lernen, Schlingen und Fallen zu stellen, sobald wir mit den Lebensgewohnheiten der Tiere auf diesem Planeten vertraut sind. Bis die Munition zu Ende ist, werden wir gelernt haben, ohne Feuerwaffen auszukommen.«

»Glaubst du, wir sollten hier unser Lager aufschlagen?«

Kalvar Dard schüttelte den Kopf. »Kein Holz für Brennmaterial, und die Explosion wird das Wild verscheucht haben. Es wird besser sein, bachaufwärts zu gehen. Abwärts wird das Wasser verschmutzt und untrinkbar sein. Und wenn sich das Wild hier so verhält wie in den Ödländern von Doorsha, dürfte es in höhergelegene Gegenden flüchten, wenn es erschreckt wird.«

Varnis stand von ihrem Sitzplatz auf. Nachdem sich ihre Nerven beruhigt hatten, machte sie eine entschlossene Anstrengung, das auch zu zeigen.

»Dann wollen wir mal Bündel machen«, schlug sie vor. »Wir können in das Bettzeug Nahrungsmittel und Munition einschlagen.«

Sie erledigten das rasch, hängten sich die Bündel um und kletterten aus dem Bachbett. Nicht weit entfernt zu ihrer linken brannte das Gras in weitem Kreis um den Krater, den die Explosion des Raketenbootes in den Boden gerissen hatte.

Kalvar Dard, der eines der schweren Gewehre trug, übernahm die Führung. Neben ihm, jedoch einen Schritt zurück, ging Analea mit schußbereitem Karabiner. Glav, mit dem zweiten schweren Gewehr, bildete die Nachhut. Ihn begleitete Olva mit ihrem Karabiner. Zwischen den beiden Männern und ihren Begleiterinnen, die für den Nahschutz zu sorgen hatten, gingen die übrigen Mädchen.

Vor ihnen in weiter Ferne war am Horizont die Silhouette einer Gebirgskette zu erkennen. Die kleine Gruppe wandte sich den Bergen zu und begann den Marsch durch das Meer von Gras.

3

Sie waren jetzt bereits fünf Jahre unterwegs, immer auf dem Marsch. Kalvar Dard führte noch immer. Das schwere Jagdgewehr lag in der Beuge seines linken Arms, der Bombensack hing von der Schulter, seine Augen waren ununterbrochen nach allen Richtungen hin unterwegs und hielten nach verborgener Gefahr Ausschau. Die Kleidung, in der er aus dem Raketenboot gesprungen war, hatte mehr Flicken als ursprünglichen Stoff und wirkte zerlumpt. Seine Schuhe waren durch bis zu den Knien hochgeschnürte, rauchgegerbte Stiefel aus Tierhaut ersetzt. Er trug jetzt einen dichten Vollbart, und sein Haupthaar war mit dem Kampfmesser notdürftig zurechtgestutzt.

Analea ging immer noch an seiner Seite, aber ihren Karabiner hatte sie über die Schulter gehängt. Sie trug statt dessen drei Speere mit behauenen Steinspitzen. Einer davon war eine schwere Waffe, als Wurfspeer oder zum Zustoßen geeignet, und zwei leichte Wurfspieße, die mit Hilfe des gebogenen Schleuderstockes geworfen wurden, den Glav erfunden hatte. Neben ihr trottete ein vierjähriger Junge, von ihr und Dard, und in einem Netzbeutel trug sie ein sechs Monate altes Baby.

Am Ende der Gruppe hatte Glav ebenfalls noch seinen alten Platz mit dem anderen Hochwildgewehr, und Olva ging mit Karabiner und Speeren neben ihm. Vor ihnen lief ihre dreijährige Tochter. Zwischen Vorhut und Nachhut bewegte sich der Rest der Gesellschaft. Varnis, die ihr Baby auf dem Rücken trug, und Dorita, die ein Baby erwartete und zwei Kinder an den Händen führte. Das Baby auf ihrem Rücken hatte Kyna bei der Geburt das Leben gekostet. Ein weiteres war mutterlos zurückgeblieben, als Eldra von den haarigen Wesen getötet wurde.

Das war im Winter vor zwei Jahren gewesen, als sie eine der zwei schweren Bomben benutzt hatten, um sich im Gebirge eine Höhle zu sprengen. Es war ein harter Winter gewesen. Zwei Kinder waren an der Kälte gestorben — Kynas erstgeborenes und der kleine Sohn von Kalvar und Dorita. Damals hatten sie auch ihren ersten Kampf mit den haarigen Wesen erlebt.

Eldra war mit einem der ledernen Wassersäcke aus der Höhle

hinausgegangen, um ihn an der Quelle zu füllen. Es war bereits nach Sonnenuntergang, aber sie hatte ihre Pistole bei sich, und niemand hatte an eine Gefahr gedacht, bis sie zwei rasch hintereinander abgegebene Schüsse und einen Schrei gehört hatten. Sie waren hinausgestürtzt und hatten vier zottige, menschenartige Wesen erblickt, die Eldra mit Händen und Zähnen zerrissen, ein weiteres, das tot am Boden lag, und ein sechstes, das sich zusammengekrümmt auf eine Seite gewälzt hatte und sich wimmernd den Leib hielt. Es waren nur ein paar Schüsse nötig, um die vier Angreifer niederzustrecken; Glav hatte den Verwundeten mit seinem Kampfmesser erledigt. Aber Eldra war tot. Sie hatten einen Steinhügel über ihrer Leiche errichtet, wie sie es schon bei den an der Kälte gestorbenen Kindern getan hatten. Die haarigen Angreifer jedoch hatten sie, nachdem sie nachgesehen hatten, was für Wesen das waren, über die Felsen hinuntergeworfen. Sie waren ihnen zu tierisch erschienen, um sie zu beerdigen, wie es sich für menschliche Tote gehörte, aber andererseits zu menschlich, um sie abzuhäuten und zu essen, als wären sie Wild.

Seit dieser Zeit hatten sie oft Spuren der haarigen Wesen gefunden, und wenn sie mit ihnen zusammentrafen, so töteten sie sie ohne Gnade. Es waren große, zottige Zweibeiner mit einer gewissen Menschenähnlichkeit — langarmig, kurzbeinig, zweimal so schwer wie Menschen, mit enggestellten rötlichen Augen und starken, knochenbrechenden Kiefern. Es waren vielleicht vertierte Menschen oder Tiere, die sich allmählich der Schwelle der Menschlichkeit näherten. Nach allem, was sie bisher an Lebewesen auf diesem Planeten gesehen hatten, schien ihnen das letztere der Fall zu sein. Wenigstens vermutete Kalvar Dard das. In einer Million von Jahren könnten sie sich zu menschenartigen Wesen entwickeln. Immerhin hatten die Haarigen bereits den Gebrauch des Feuers erlernt und die Handhabung rohbehauener Steinwerkzeuge, meist schwere dreieckige Faustkeile ohne Stiele.

Zweimal noch hatten die Haarigen sie angegriffen. Einmal, während sie auf dem Marsch waren, und einmal im Lager. Beide Überfälle hatten ohne Verluste auf ihrer Seite abgeschlagen werden können, aber auf Kosten der so unersetzlich wertvollen Munition. Eines Tages hatten sie eine Horde von zehn dieser Untiere erwischt, als sie auf Stämmen über einen Fluß schwammen. Sie hatten sie vom Ufer aus mit ihren Karabinern erschossen. Als Kalvar Dard und Analea allein auf der Jagd waren, waren sie auf ein Dutzend von ihnen gestoßen, die um ein Feuer hockten, und hatten sie mit einer einzigen Handgranate getötet. Dard war davon überzeugt, daß diese Wesen die Anfänge einer Sprache kannten, die es ihnen ermöglichte, einander einfache Informationen mitzuteilen, so zum Beispiel, daß der kleine Stamm von Fremden äußerst gefährliche Feinde seien.

Auch jetzt waren wieder haarige Wesen in der Gegend. Seit fünf Tagen marschierten sie nun schon durch den Wald nach Norden, auf das offene Grasland zu, und immer wieder hatten Kalvar Dard und seine Leute Spuren der Haarigen gefunden. Jetzt, als sie aus dem Jungwald am Rand der Grasebene herauskamen, waren alle aufs äußerste wachsam.

Im Freien blieben sie am Rand des Jungwuchses stehen und blickten auf das oflene Land hinaus. Ungefähr eine Meile entfernt befand sich eine Herde von Wild, das langsam nach Westen zu äste. Aus der Entfernung sahen die Tiere wie kleine Pferde aus, an der Größe der Menschen gemessen hüfthoch, mit dichten Mähnen und Zottelbärten an Hals und Kopf. Dieses Wild war einer ihrer hauptsächlichsten Fleischlieferanten. Zum zehntausendsten Mal wünschte sich Dard, als er seine Augen anstrengte, um das Wild genau auszumachen, daß damals, als sie das Raketenboot verlassen hatten, jemand daran gedacht hätte, ein Fernglas zu retten. Er beobachtete die grasende Herde lange Zeit.

Der Kiefernjungwuchs erstreckte sich beinahe bis hin zur Wildherde und würde ihnen für die Annäherung Deckung bieten, aber die Tiere weideten gegen den Wind, und ihr Geruchssinn war weit schärfer entwickelt als ihr Sehvermögen. Das würde eine ihrer am häufigsten angewendeten Jagdarten erforderlich machen: das Wild unter Wind zu überholen und ihm dann seitlich aufzulauern. Während der letzten Tage hatte es stark geregnet, und der Grasboden war mit Wasser vollgesogen, so daß eine Feuerjagd unmöglich war. Kalvar Dard wußte, daß er sich auf bequeme Schußentfernung für den Karabiner anpirschen konnte, aber er war nicht gewillt, Munition für die Jagd zu verwenden. Und im Hinblick auf die Anwesenheit der Haarigen wollte er seine Gruppe nicht für eine Treibjagd aufteilen.

»Wie sieht dein Plan aus?« fragte Analea, die das Problem ebenso erkannt hatte wie er. »Versuchen wir, sie von hinten zu packen?«

»Wir werden sie von der Seite her nehmen«, entschied er. »Wir werden uns ihnen von hier aus in spitzem Winkel von hinten nähern und uns an das Ende der Herde heranpirschen. Es müßte möglich sein, auf Speerwurfentfernung heranzukommen. Du und ich werden die Speere benützen. Varnis kann mit uns kommen und uns mit ihrem Karabiner Deckung geben, falls die Haarigen auftauchen sollten. Glav, du, Olva und Dorita bleibt hier bei den Kindern und dem Gepäck. Haltet die Augen offen. Die Haarigen sind irgendwo in der Nähe.« Er legte sein Gewehr hin und nahm dafür Olvas Speere. »Wir können nur zwei Tiere aufessen, bevor das Fleisch verdirbt, aber töte trotzdem so viele, wie du erwischen kannst«, befahl er Analea. »Wir brauchen die Häute.«

Dann begannen er und die beiden Mädchen ihre langsame, vorsichtige Pirsch. Solange das Grasland noch mit vereinzelten jungen Bäumen bestanden war, gingen sie aufrecht und kamen rasch vorwärts, aber die letzten fünfhundert Meter mußten sie kriechen und oft anhalten, um den Wind zu prüfen. Die Pferdeherde zog langsam an ihnen vorbei. Dann gelangten sie unmittelbar hinter die Herde — mit dem Wind im Gesicht — und kamen jetzt schneller vorwärts.

»Nahe genug?« fragte Dard flüsternd Analea.

»Ja. Ich nehme das letzte Tier vor.«

»Und ich das links davon.« Kalvar Dard hängte einen kurzen Wurfspeer in den Haken seines Schleuderstockes.

»Fertig? Los!« kommandierte er.

Er sprang auf die Füße, holte mit dem rechten Arm aus und warf seinen Kurzspeer, der durch die Hebelwirkung des Schleuderstocks eine hohe Fluggeschwindigkeit hatte. Er bemerkte auch, wie Analea ihren Speer hob und schleuderte. Sein Geschoß traf das kleine struppige Pony in die Brust. Es schwankte und fiel nach vorn auf die Knie. Er faßte nach einem weiteren Speer, setzte ihn auf seinen Wurfstock und schleuderte ihn auf ein zweites Pferd, das auf die Hinterhand sank und nach dem Speer biß. Jetzt ergriff Dard den schweren Speer, lief los und fing es mit einem Stoß durch das Herz ab. Inzwischen hängte Varnis ihren Karabiner über die Schultern, nahm die Wurfaxt aus dem Gürtel und schleuderte sie nach einem weiteren Pony, das ebenfalls stürzte. Dann lief sie zu dem Tier und gab ihm mit ihrem Kampfmesser den Rest.

Inzwischen war die Herde in Panik geraten und galoppierte davon. Die toten und sterbenden Tiere blieben liegen. Dard und Analea hatten je zwei erlegt. Mit dem, das Varnis erwischt hatte, waren es also fünf. Mit seinem Messer erledigte er eines der Tiere, das am Boden lag, aber noch mit den Hinterbeinen schlegelte. Dann begann er die Speere aus den Tieren zu ziehen und einzusammeln. Die beiden Mädchen riefen gemeinsam, daß die Jagd beendet und erfolgreich gewesen sei. Glav, Olva und Dorita kamen mit den Kindern auf sie zu.

Es dauerte bis zum Abend, bis sie die erlegten Tiere abgehäutet, zerwirkt und die in Felle eingeschlagenen Fleischteile zu einem kleinen Bach gebracht hatten, wo sie ihr Lager aufschlagen wollten. Es mußte Holz für das Feuer gesammelt, das Fleisch gekocht werden, und dabei waren alle vom Tagewerk bereits sehr müde.

Deshalb sagte Kalvar Dard: »Wir werden uns das nicht mehr sehr oft leisten können, aber heute abend werden wir's mal tun. Erspart euch also die Mühe, mit den Holzpflöcken Feuer zu machen. Ich werde unser Atomfeuerzeug benützen.«

Er nahm es aus einer Tasche in seinem Gürtel heraus — ein kleines, vergoldetes Atomfeuerzeug, das das Abzeichen seines alten Regiments bei den Frontier Guards trug. Es war das letzte von denen, die sie gerettet hatten, das noch funktionierte. Er machte ein kleines Häufchen von Holzspänen unter dem Stapel von Scheiten und hielt das Feuerzeug daran, drückte auf den Aktivator und sah zu, wie sich die kleine Flamme in die Holzspäne fraß.

Die größte Erfindung der menschlichen Zivilisation, die Beherrschung der Urkraft des Atoms, wurde hier dazu benützt, um ein Feuer aus natürlichem Brennmaterial zu machen, auf dem ungewürztes Fleisch gebraten werden sollte — Fleisch von Tieren, die sie mit Speeren erlegt hatten, deren Spitzen aus behauenem Stein bestanden! Dard sah traurig auf das glänzende kleine Kunstwerk der Technik und steckte es in seinen Gürtel zurück. Bald würde es auch verbraucht sein, wie die anderen beiden, und dann blieb ihnen nichts anderes zum Feuermachen übrig, als die Holzstäbchen oder das Funkenschlagen aus Flint- oder Pyritsteinen. Bald auch würde die letzte Patrone verschossen sein, und dann waren sie notgedrungen auch zu ihrem persönlichen Schutz von den Speeren abhängig, wie es jetzt bereits zur Gewinnung des Frischfleisches der Fall war.

Sie waren doch im Grunde sehr hilflos. Sechs Erwachsene mußten über sieben kleine Kinder wachen, die ihre Fürsorge und Wachsamkeit brauchten. Wenn es nur gelingen würde, daß die Munition so lange reichte, bis die Kleinen selbst kämpfen konnten . . . wenn man die Zusammenstöße mit den Haarigen vermeiden könnte . . . eines Tages wäre man dann zahlreich genug, um sich wirksam gegenseitig schützen und helfen zu können. Eines Tages würde sich das Verhältnis von hilflosen Kindern zu Erwachsenen zugunsten der Erwachsenen verändern. Bis dahin kam es ausschließlich darauf an, zu überleben. Und deshalb mußten sie Tag für Tag den Wildherden folgen.

4

Zwanzig Jahre waren sie nun dem Wild gefolgt. Winter waren gekommen, die mit ihrem Schneetreiben die Ponys und Hirsche in die Wälder hatten flüchten lassen und die kleine Schar von Menschen in den Schutz von Berghöhlen. Immer wieder war es Frühling geworden, mit frischem Gras auf den Ebenen und viel Fleisch für Kalvar Dards Leute. Herbstzeiten folgten den Sommern, ausgefüllt mit den Feuerjagden, dem Gerben der Häute und dem Räuchern des Fleisches. Winter folgten auf die Herbste, und wieder kamen die Frühlingszeiten, und so ging das nun schon das zwanzigste Jahr nach der Landung des Raketenbootes.

Kalvar Dard ging immer noch an der Spitze des Zuges; sein Haar und sein Bart waren jetzt von grauen Strähnen durchzogen. Das schwere Gewehr trug er jedoch nicht mehr. Die letzte Patrone war längst verschossen worden. Er trug eine Handaxt mit einem langen Stiel. Dazu einen Speer mit einer Stahlspitze, die in mühevoller Arbeit aus dem Magazin eines Karabiners gearbeitet worden war. Er besaß noch seine Pistole mit acht Patronen, sein Kampfmesser und den Sack mit der letzten Handgranate und der schweren Sprengbombe. Auch der letzte Fetzen Kleidung aus dem Raumschiff war weg. Er war in ein langes Fellhemd ohne Ärmel gekleidet und trug Stiefel aus Pferdeleder.

Analea ging nicht mehr neben ihm. Sie hatte sich vor acht Jahren bei einem Sturz das Becken gebrochen. Es war unmöglich gewesen, sie zu transportieren, und so stieß sie sich selbst ihr Messer ins Herz, um eine der kostbaren Patronen zu sparen. Selvar Glav war beim Überqueren eines Flusses ins Eis eingebrochen. Er hatte sein schweres Jagdgewehr verloren. Am folgenden Tag starb er infolge der Unterkühlung, die er sich zugezogen hatte. Olva war von den Haarigen getötet worden, als diese eines Nachts das Lager angegriffen hatten. Dabei wurde auch das Kind von Varnis umgebracht.

Sie hatten den Angriff abgewehrt, zehn der riesigen Untermenschen erschossen oder mit den Speeren getötet und am nächsten Morgen ihre Toten bestattet. So wie es ihre Art war, nämlich unter Steinhügeln. Varnis hatte der Beerdigung ihres Kindes mit tränenlosen Augen zugesehen, in denen kein Verstehen stand. Dann hatte sie sich an Kalvar Dard gewendet und etwas gesagt, was ihn mehr erschreckte, als jeder heftige Ausbruch von Schmerz es hätte tun können.

»Komm schon, Dard. Wofür tun wir denn das alles noch? Du

hast uns versprochen, uns nach Tareesh zu bringen, wo wir schöne Häuser und Maschinen und alle möglichen schönen Dinge zu essen und als Kleidung haben würden. Mir gefällt es hier nicht. Ich möchte nach Tareesh.«

Von diesem Tag an war sie in gnädiger Umnachtung mit ihnen gezogen. Sie war nicht verblödet oder eine rasende Irre. Sie war nur der Wirklichkeit entflohen, die sie nicht mehr länger ertragen konnte.

Die in ihrer Traumwelt lebende Varnis und die verhärmte, hagere Dorita waren neben Kalvar Dard die einzigen, die von den ursprünglichen acht noch übrig waren. Aber trotzdem war die Gruppe mittlerweile auf fünfzehn Menschen angewachsen. Am Ende, an Seldar Glavs altem Platz, ging jetzt der Sohn von Kalvar Dard und Analea. Wie sein Vater trug er eine Pistole, ein Messer und in seiner rechten Hand eine Keule mit einem runden Steinkopf und einem fast einen Meter langen Schaft, eine Waffe, die er sich selbst gemacht hatte. Die Frau, die neben ihm ging und seine Speere trug, war die Tochter von Glav und Olva. In einem Netzsack auf dem Rücken trug sie ihr Kleinkind. Es war das erste Kind von hier geborenen Eltern. Bei den Aufenthalten in den Lagern und auch in den Pausen auf den Pfaden, denen sie folgten, betrachtete Kalvar Dard oft sein Enkelkind. In diesem winzigen, in Pelz gewickelten Stückchen Mensch sah er den Sinn alles dessen, was er tat. Auch von den anderen Mädchen waren jetzt drei in anderen Umständen. Der winzige, noch immer bedrohte Brükkenkopf der Menschheit auf diesem Planeten wurde größer und gewann an Kraft. Lange nachdem die Menschen auf Doorsha ausgestorben sein würden und der sterbende Planet nur noch eine dürre Wüste geworden wäre, würden sich die Nachkömmlinge dieser kleinen Gruppe vermehren und den jüngeren Planeten dieses Sonnensystems beherrschen. Eines Tages würde eine sogar noch höhere Kultur und Zivilisation auf Tareesh entstehen als die, die sie auf Doorsha verlassen hatten . . .

Den ganzen Tag über hatte sich der Pfad die Berge hochgewunden. Steil stiegen die Felsen auf einer Seite in die Höhe, und zur anderen Seite stürzten rauschend kleine Bäche in die Tiefe. Den ganzen Tag über waren ihnen die Haarigen gefolgt, wobei sie sich ängstlich hüteten, zu nahe aufzurücken, aber auch nicht bereit waren, sie entkommen zu lassen. Es hatte damit begonnen, daß sie bei Tagesanbruch das Lager überfallen hatten. Man hatte den Angriff abgeschlagen, jedoch auf Kosten beinahe der ganzen Munition und dem Tod eines Kindes. Kaum jedoch hatte sich der

Stamm von Kalvar Dard dem Pfad entlang auf den Weg gemacht, als sie auch schon nachzukommen begannen.

Dard hatte sich entschlossen, die Berge zu überqueren und seine Leute einen Wildpfad entlang hinaufgeführt, der hoch oben in einen Paß mündete, wie an der Silhouette der Berge zu erkennen war. Die struppigen Affenwesen schienen seine Absicht erraten zu haben. Ein- oder zweimal hatte er haarige braune Gestalten zwischen Felsen und den niedrigen Latschen gesehen. Sie versuchten anscheinend, den Paß vor ihnen zu erreichen. Na schön, wenn es ihnen gelang . . . er überdachte rasch im Geist seine Waffenstärke. Da war seine Pistole, die seines Sohnes und die von Dorita mit noch acht, sechs und sieben Patronen je Waffe. Eine Handgranate und die große Sprengbombe. Sie war zwar zu groß, um mit der Hand geworfen zu werden, aber man konnte sie auf Verzögerungszündung einstellen und über einen Felsen werfen oder zurücklassen, damit sie zwischen den Verfolgern explodierte. Dann waren da noch die fünf stählernen Kampfmesser, eine Menge von Speeren und Äxten und die Schlingen. An vollwertigen Kämpfern waren außer ihm, seinem Sohn und dessen Frau noch Dorita da und vier oder fünf von den älteren Jungen und Mädchen, die bereits im Umgang mit den Waffen Erfahrung hatten. Auch Varnis war da, die ihrer Traumwelt vielleicht lang genug entfliehen würde, um sich selbst zu verteidigen. Schließlich konnten auch die Kinder, wenigstens die älteren, bereits Steine und leichte Speere werfen. Ja, es würde ihnen gelingen, den Übergang über den Paß zu erzwingen, auch wenn die Haarigen ihn vor ihnen erreichen sollten. Einmal auf der anderen Seite, wollte er den Paß mit der schweren Sprengbombe versperren. Was sie auf der anderen Seite erwartete, wußte er nicht. Er überlegte, ob es wohl drüben auch die Haarigen gab, wieviel Wild sie vorfinden würden und was sonst sie wohl erwarten könnte.

Hinter ihm krachten rasch hintereinander zwei Schüsse. Er stellte seine Axt ab und nahm mit beiden Händen den schweren Speer, als er sich umdrehte. Sein Sohn lief mit gezogener Pistole vorwärts und sah sich kurz um, als er ankam.

»Haarige Leute«, meldete er. »Ich habe zwei erschossen. Meine Frau hat einen Speer geworfen und einen weiteren getötet. Der andere lief davon.«

Die Tochter von Glav und Olva nickte. »Ich hatte keine Zeit mehr, noch einen Speer zu werfen, und Bo-Bo wollte auf den Davonlaufenden nicht schießen.«

Kalvar Dards Sohn, der den Kindernamen behalten hatte, den

ihm seine Mutter einst gegeben hatte, verteidigte sich: »Er ist geflohen. Und unsere Regel heißt doch, Patronen nur zum Schutz des Lebens zu verwenden, wenn ein Speer nicht ausreicht, nicht wahr?«

Kalvar Dard nickte. »Du hast es richtig gemacht, Sohn«, sagte er, zog seine eigene Pistole, nahm das Magazin heraus und entnahm ihm zwei Patronen. »Steck sie in dein Magazin. Vier Patronen sind zu wenig. Jetzt hat jeder von uns sechs. Geh wieder nach hinten, sorge dafür, daß die Kleinen vorwärtskommen und Varnis nicht zurückbleibt.«

»Das stimmt. Wir müssen uns alle um Varnis kümmern und auf sie aufpassen«, sagte der Junge gehorsam. »Das ist eines unserer Gesetze.«

Er ging wieder ans Ende der Kolonne. Kalvar Dard steckte seine Pistole in das Halfter und nahm die Axt. Dann setzte sich die Gruppe wieder in Bewegung. Jetzt fielen die Felsen zur linken ein paar hundert Meter steil ab, und zur rechten stiegen die Felsen immer höher empor, je weiter der Pfad in die Höhe führte. Dard machte sich wegen des Felsenbandes, auf dem sie sich bewegten, Sorge. Wenn es plötzlich endete, waren sie alle gefangen, saßen sie buchstäblich in der Falle.

Keiner würde entkommen. Plötzlich fühlte er sich alt und unbeschreiblich müde. Die Verantwortung für eine ganze Rasse, die er zu tragen hatte, war ein schreckliches Gewicht.

Plötzlich schoß Dorita hinter ihm mit der Pistole nach oben. Dard sprang vorwärts — es war kein Platz, um nach der Seite auszuweichen — und zog seine Pistole. Der Junge, Bo-Bo-, versuchte aus seiner Position am Ende der Kolonne ein Ziel zu erkennen. Dann sah Dard plötzlich die zwei haarigen Wesen. Der Junge feuerte, und ganz plötzlich fiel der Felsbrocken von oben herab.

Es war ein schwerer Felsbrocken, halb so groß wie der Körper eines Menschen, und er streifte Kalvar Dard. Hätte er ihn direkt getroffen, er würde ihn sofort getötet, zu einem blutigen Klumpen zerschmettert haben. Aber er hatte ihn niedergeworfen und war auf seinen Beinen liegengeblieben.

Bei Bo-Bos Schuß kam einer der Haarigen heruntergestürzt und blieb auf dem Felsband liegen. Bo-Bos Frau durchbohrte ihn sofort mit einem ihrer Speere. Das andere Affenwesen, auf das Dorita geschossen hatte, klammerte sich noch an einen Felsen weiter oben. Zwei Kinder kletterten zu ihm hinauf und durchbohrten es wiederholt mit ihren Speeren, wobei sie wie kleine Furien schrien.

Dorita und eines der älteren Mädchen wälzten den Felsblock von Dards Beinen und versuchten ihm auf die Beine zu helfen. Aber er brach sofort zusammen, konnte nicht stehen. Beide Beine waren gebrochen.

Jetzt war es soweit, dachte er, als er niedersank. »Dorita, lauf nach vorn und schau nach, wie's mit dem Pfad aussieht«, sagte er. »Stelle fest, ob er weiter passierbar ist. Und suche einen Platz, nicht zu weit entfernt von hier, wo wir ihn mit der Sprengbombe blockieren können. Aber nicht zu weit, denn ein paar von euch müssen mich bis dorthin tragen können.«

»Was hast du vor?«

»Was denkst du wohl?« gab er zurück. »Beide Beine sind gebrochen. Ihr könnt mich nicht mit euch schleppen. Wenn Ihr es versuchen würdet, würden sie uns fangen und alle töten. Ich muß zurückbleiben. Ich werde den Pfad hinter euch blockieren und so viele von ihnen töten wie ich nur kann. Und jetzt lauf und tu, was ich gesagt habe.«

Sie nickte. »Ich werde so rasch als möglich zurückkommen«, sagte sie.

Die übrigen standen um Dard herum. Bo-Bo beugte sich über ihn, erschrocken und traurig. »Was wirst du tun, Vater?« fragte er. »Du bist verletzt. Wirst du weggehen und uns verlassen, wie Mutter es getan hat, als sie verletzt war?«

»Ja, Sohn, ich muß es tun. Du trägst mich ein Stück vorwärts auf dem Pfad, sobald Dorita zurück ist, und läßt mich dort, wo sie die Stelle gefunden hat. Ich werde zurückbleiben, den Pfad blockieren und ein paar von den Haarigen töten. Ich werde die schwere Sprengbombe einsetzen.

»Die schwere Sprengbombe? Die sich niemand zu werfen getraut?« Der Junge sah seinen Vater bewundernd an.

»Ja. Wenn du mich jetzt verläßt, nimm die anderen mit dir und sieh zu, daß du so rasch als möglich weiterkommst. Bleibt nicht stehen, bis ihr die Paßhöhe erreicht habt. Nimm meine Pistole und mein Kampfmesser, auch die Axt, den Speer und die kleine Bombe. Nimm alles, was ich habe, laß mir nur die Sprengbombe hier. Die werde ich brauchen.«

Dorita kam zurück. »Ein Stück weiter vorn ist ein Wasserfall. Wir können ihn umgehen und zum Paß hinauf gelangen. Der Weg ist frei und leicht begehbar. Wenn man die Sprengbombe auf dieser Seite des Wasserfalls zündet, wird das eine Steinlawine auslösen, die alles blockiert.«

»In Ordnung. Und jetzt fassen ein paar von euch an und tragen mich. Aber nicht unterhalb der Knie. Und macht schnell.«

Eine haarige Gestalt erschien auf dem Felsenband unter ihnen. Einer der älteren Jungs nahm seinen Wurfstock und schleuderte einen Speer in den Körper des Wesens. Zwei der Mädchen hoben Dard auf. Bo-Bo und seine Frau nahmen seinen großen Speer, die Axt und den Bombensack.

Sie eilten vorwärts und folgten dem Pfad an einem Geröllband entlang, das sich am Fuß des Felsenabsturzes dahinzog. Bald gelangten sie dorthin, wo sich der Sturzbach aus einer engen Felsenspalte ergoß. Die Luft war hier feucht vom Wasserstaub und erfüllt vom tosenden Rauschen des Wasserfalls. Kalvar Dard sah sich um. Dorita hatte den Platz gut gewählt. Nicht einmal eine der trittsicheren Bergziegen hätte hier weiterklettern können, sobald die Schlucht einmal blockiert war.

»Gut so. Setzt mich hier ab«, befahl er. »Bo-Bo, nimm meinen Waffengurt und gib mir die Sprengbombe. Du hast noch eine Handgranate. Weißt du, wie sie funktioniert?«

»Klar doch. Du hast es mir oft genug gezeigt. Ich drehe die Spitze nach links und drücke auf das kleine Ding an der Seite. Das halte ich dann fest, bis ich werfe. Ich muß sie wenigstens auf Speerwurfweite wegwerfen und mich dann auf den Boden legen oder hinter etwas Deckung suchen.«

»Richtig. Und benütze sie nur in höchster Gefahr, um alle zu retten. Und hebe alles auf, was aus Metall ist. Ganz egal, wie klein das Stück auch immer sein mag.«

»Ja. So lauten unsere Vorschriften, unsere Gesetze. Ich werde sie befolgen, und ebenso werden es die übrigen halten. Und wir werden uns um Varnis kümmern.«

»Gut. Und jetzt Lebewohl, mein Sohn.« Er ergriff die Hand des Jungen. »Bring alle weg von hier. Halte nicht an, bevor du den Paß erreicht hast.«

»Du darfst nicht zurückbleiben!« rief Varnis weinend. »Dard, du hast es uns versprochen! Ich erinnere mich noch genau daran; es war damals, als wir noch alle im Raumschiff waren — du und ich und Analea und Olva und Dorita und Eldra und, oh, wie hat doch das Mädchen geheißen — ach ja, Kyna! Und wir hatten eine so schöne Zeit, und du hast uns erzählt, wie wir alle nach Tareesh kommen würden, und wir hatten alle so viel Spaß, als wir uns unterhielten und über die Zukunft redeten . . .«

»Du hast recht, Varnis«, stimmte er zu. »Und ich werde auch mein Wort halten. Ich habe hier nur noch etwas zu erledigen, aber oben auf dem Gipfel des Berges, wenn ich's geschafft habe, werde ich dich wiedersehen, und dann werden wir alle morgen nach Tareesh gehen.«

Sie lächelte — das freundliche, kindliche Lächeln der harmlosen Irren — und ging weg. Der Sohn Kalvar Dards überzeugte sich davon, daß alle Kinder unterwegs waren, dann wendete auch er dem Vater den Rücken zu und folgte den anderen. Dard war allein.

Allein mit der Bombe und seiner letzten, schwersten Aufgabe. Er hatte die Last der Verantwortung für seine Leute zwanzig lange Jahre getragen. Jetzt, in ein paar Minuten, würde alles vorüber sein, beendet in einem Augenblick sengender Hitze. Und beinahe wurde er froh bei dem Gedanken an das Ende der Verantwortung, der Last der Führung, des ewigen Kampfes. Er dachte daran, daß es noch so viele Dinge gab, die er hätte tun können, wenn er es nur entschlossen gewollt hätte. Die Metalle, zum Beispiel. Irgendwo mußte es sicher Erze geben, die man hätte schmelzen können, aber er hatte niemals welche gefunden. Und er hätte einige der kleinen Pferde fangen können, die sie nur zur Nahrung gejagt hatten. Hätte versuchen können, sie zu zähmen und zum Tragen von Lasten abzurichten. Und das Alphabet, das Schreiben — warum hatte er es Bo-Bo und der Tochter von Seldar Glav nicht gelehrt und ihnen die Verpflichtung auferlegt, es an die anderen weiterzugeben? Und der Grassamen, den sie gelegentlich zur Herstellung von Mehl verwendet hatten? Mit den besseren Sorten hätte man Felder anlegen sollen und Beete mit eßbaren Wurzeln, um dann zur rechten Zeit zurückkehren und zu ernten. Es gab so viele Dinge, an die diese jungen Wilden oder ihre Kinder erst in vielleicht zehntausend Jahren denken würden . . .

Etwa hundert Meter entfernt bewegte sich etwas zwischen den Felsen. Er richtete sich so weit auf, wie es seine gebrochenen Beine erlaubten, und beobachtete genau. Ja, da kam einer von den Haarigen, und dort war noch einer und noch einer. Einer kam hinter einem Felsen hervor und trabte in unbeholfenem Lauf auf ihn zu, wobei er wilde, tierische Schreie ausstieß. Dann kamen zwei weitere in Sicht, und einen Augenblick später war die ganze Schlucht voll von ihnen. Sie waren beinahe schon über ihm, als Dard mit dem Daumen auf den Auslöser der Sprengbombe drückte. Er spürte nur noch einen leichten Schlag . . .

Als sie die Paßhöhe erreicht hatten, blieben alle stehen, denn der Sohn von Kalvar Dard hatte sich umgedreht und zurückgeschaut. Dorita stand neben ihm und blickte ebenfalls zum Wasserfall. Auch sie wußte, was sich gleich ereignen würde. Die übrigen standen mit offenen Mündern da, ohne zu begreifen. Einige griffen zu den Waffen, weil sie meinten, der Feind sei ihnen auf den Fersen und sie müßten sich hier verteidigen. Ein paar von den jüngeren Jungen und Mädchen begannen Steine zu sammeln.

Dann blitzte ein winziger heller Funken direkt unter der Stelle auf, wo der Wasserfall in der Schlucht verschwand. Einen Augenblick geschah weiter nichts, dann schoß plötzlich eine riesige Feuersäule in die Höhe, ein paar hundert Meter hoch. Und erst dann kam das dröhnende, donnernde Krachen an ihr Ohr, lauter als irgendeiner der Gruppe es je gehört hatte, mit Ausnahme von Varnis und Dorita, damals, als das Raketenboot explodierte.

»Er hat es geschafft!« sagte Dorita leise.

»Ja, er hat es geschafft. Mein Vater war ein tapferer Mann«, antwortete Bo-Bo. »Jetzt sind wir in Sicherheit.«

Varnis, von der Explosion erschreckt, drehte sich um und starrte Bo-Bo an. Dann lachte sie glücklich. »Wie schön, Dard, da bist du ja schon!« rief sie. »Ich hab mich schon gefragt, wohin du gegangen bist. Was hast du denn gemacht, nachdem wir weggegangen sind?«

»Wie meinst du das?« fragte der Junge verwirrt und erstaunt. Er wußte nicht, wie sehr er seinem Vater ähnlich sah, als dieser Offizier bei der Frontier Garde gewesen war — vor zwanzig Jahren.

Sein Erstaunen quälte Varnis ein wenig, irgendwie war sie unsicher. »Du . . . du bist doch Dard, nicht wahr?« fragte sie. »Ich bin aber doch wirklich dumm. Natürlich bist du Dard! Wer sonst solltest du schon sein?«

»Ja, ich bin Dard«, sagte der Junge und dachte daran, daß es in ihrer Gruppe Gesetz war, freundlich zu Varnis zu sein und so zu tun, als gäbe man ihr immer recht. Dann überfiel ihn ein anderer Gedanke. Seine Schultern strafften sich. »Ja, ich bin Dard, der Sohn von Dard«, erklärte er allen. »Und von jetzt an führe ich den Stamm. Hat jemand etwas dagegen einzuwenden?«

Er nahm den Speer und die Axt in die Linke und legte die rechte Hand an den Griff der Pistole und sah Dorita ruhig an. Wenn es jemand gab, der ihm seinen Anspruch streitig machen könnte, so war sie es. Aber statt dessen brachte sie ein Lächeln zustande, wie man es bei ihr seit Jahren nicht mehr gesehen hatte.

»Du bist Dard«, sagte sie zu ihm. »Du wirst uns führen.«

»Natürlich führt uns Dard! Hat er uns nicht immer geführt?« fragte Varnis. »Darüber gibt es doch nichts zu streiten. Und morgen wird er uns nach Tareesh bringen, und wir werden Häuser bauen und Autos und Flugzeuge und Gärten und elektrisches Licht und alle die schönen Dinge haben, die wir uns wünschen. Nicht wahr, Dard?«

»Ja, Varnis. Ich werde euch nach Tareesh bringen und zu all den schönen Dingen«, versprach Dard, der Sohn von Dard, denn so schrieb es das Stammesgesetz im Umgang mit Varnis vor.

Dann sah er vom Paß in das Land auf der anderen Seite der Berge hinunter. Dort unten waren die Hügel niedriger, es gab ein Vorgebirge und ein weites blaues Tal, und dahinter, in weiter Ferne, wieder zackige Berggipfel, die in den Himmel ragten. Dorthin deutete der Sohn von Dard mit dem Stiel seiner Axt.

»Wir gehen hier hinunter«, sagte er.

So stiegen sie hinab und gingen weiter, immer weiter und weiter. Die letzte Patrone war verschossen. Das letzte Stück Metall war verbraucht oder verrostet. Aber inzwischen hatten sie gelernt, Stein zu behauen, Knochen und Horn zu bearbeiten. Das waren jetzt ihre Waffen und Werkzeuge. Jahrhundert um Jahrhundert, Jahrtausend um Jahrtausend folgten sie von der Geburt bis zum Tod den Wildherden. Geburten vermehrten ihre Zahl schneller als der Tod sie verringerte. Die Stämme wurden größer und teilten sich. Junge Männer lehnten sich gegen die Gesetze der Alten auf und gingen mit ihren Frauen und Kindern irgendwohin in die Welt. Sie jagten die haarigen Neandertaler zu Tode und rotteten sie erbarmungslos aus. Ursprung ihres unversöhnlichen Hasses war uralte Legende. Alles, woran sich die Nachfahren erinnerten, in der nebelhaften, undeutlichen Art, wie man sich an einen Traum erinnert, war, daß es einmal eine Zeit gegeben hatte, in der die Menschen in Glück und Überfluß gelebt hatten und daß es das Ziel war, dieses Glück wieder zu gewinnen. Sie verließen die Berge — waren es die des Kaukasus, der Alpen, des Pamir? — und breiteten sich über den ganzen Planeten aus, alles erobernd, wohin sie auch kamen.

Wir finden ihre Gebeine, ihre Steinwaffen, ihre Zeichnungen in den Höhlen von Cro-Magnon, Grimaldi, Altamira und Mas-d'Azil. Wir finden die Schichten von Pferde- und Rentierknochen und die Skelette der Mastodons an ihren ehemaligen Festplätzen in Solutre. Und wir fragen uns, wie und von woher eine Rasse, die der unseren so gleich ist, auf einen Planeten von brutalen und haarigen Halbmenschen gekommen ist . . .

Originaltitel: GENESIS

Übersetzt von Wim Koll

Die Welten-Plünderer
Ullstein Buch 3223

Fletcher Pratt
Komet der Verwandlung
Ullstein Buch 3213

Eric Frank Russell
Planet der Verbannten
Ullstein Buch 2849

Gedanken-Vampire
Ullstein Buch 2906

Der Stich der Wespe
Ullstein Buch 2965

So gut wie tot
Ullstein Buch 3007

Vergangenheit mal 2
Ullstein Buch 3055

James H. Schmitz
Dämonenbrut
Ullstein Buch 3022

Das PSI-Spiel
Ullstein Buch 3061

Welt im Würgegriff
Ullstein Buch 3110

Richard S. Shaver
Zauberbann der Venus
Ullstein Buch 2944

Titans Tochter
Ullstein Buch 3196

L. Sprague de Camp
Vorgriff auf die Vergangenheit
Ullstein Buch 2931

Der Turm von Zanid
Ullstein Buch 2952

Der Raub von Zeï
Ullstein Buch 2977

Die Rettung von Zeï
Ullstein Buch 3000

Thalia — Gefangene des Olymp
Ullstein Buch 3038

L. Sprague de Camp / Fletcher Pratt
Im Banne der Mathe-Magie
Ullstein Buch 3068

James Sutherland
Signale aus dem Kosmos
Ullstein Buch 3154

Wilson Tucker
Die letzten der Unsterblichen
Ullstein Buch 2959

Die Unheilbaren
Ullstein Buch 2981

Geheimwaffe Mensch
Ullstein Buch 3030

Zeit-Bombe
Ullstein Buch 3140

ULLSTEIN W WESTERN

Folgende Western-Romane sind bisher erschienen:

Matthew Braun
Zwei gegen El Paso
Ullstein Buch 3111

Will Cook
Texas Colt
Ullstein Buch 3180

Frank Castle
Der Glücksritter
Ullstein Buch 3197

Clay Fisher
Gefährtin des Wolfs
Ullstein Buch 3039
Tauch die Federn in Blut — Schrei Haß in den Wind
Ullstein Buch 3048
Und lautlos stirbt das Tal
Ullstein Buch 3056
Der Abtrünnige
Ullstein Buch 3104

Elmer Kelton
Heiße Eisen
Ullstein Buch 3150

Giles A. Lutz
Die Ausgestoßenen
Ullstein Buch 3165

Wayne D. Overholser
Sie nannten ihn Killer Marshal
Ullstein Buch 3083
Blut auf jedem Fußbreit Boden
Ullstein Buch 3161
Die Hölle von Paradise Valley
Ullstein Buch 3214

ein Ullstein Buch

Raymond Chandler

Professor Bingos Schnupfpulver/ Die Bronzetür

Zwei unheimliche Geschichten

Ullstein Buch 3199

Zwei phantastische Geschichten, die sich wesentlich von Chandlers Detektiv-Stories unterscheiden, ihnen an Spannung und erzählerischer Intensität jedoch in keiner Weise nachstehen.
Professor Bingos Schnupfpulver macht den, der davon schnupft, für unbestimmte Zeit unsichtbar. Die Bronzetür läßt jeden, der durch sie hindurchgeht, für alle Zeiten verschwinden. Welch prächtiges Requisit für verbrecherische Manipulationen ...

ein Ullstein Buch

Christopher Isherwood

Leb' wohl Berlin

Ein Roman in Episoden

Ullstein Buch 3087

ein Ullstein Buch

In fünf Episoden fängt Isherwood die typische Atmosphäre Berlins zu Beginn der dreißiger Jahre ein: eine Stadt der strahlenden Boulevards und Cafés, der Nachtschwärmer und Phantasten, der Laster und Intrigen, der Millionäre und notleidenden Massen.
Der Welterfolgsfilm »Cabaret« mit Liza Minelli in der Hauptrolle basiert auf diesem Roman.